三民叢刊 247

無苔的花園

鄭寶娟 著

三民書局印行

無苔的花園 目次

輯一

3
次目

輯二

輯三

輯一

無苔的花園

看鄰居用高壓水注清洗他家石砌圍牆上的綠色苔痕，有如牙醫用電鑽對付患者牙上的齒斑，覺得風雅的法國人也有挺不風雅的一面，這個富於文化教養又崇尚理性思考的民族竟懂不了苔的意趣與美感，怪哉。

要數法國迷，我稱得上一個，少女時代很長一段時間凡是古怪又有趣的物事，我都以為是法國造的，比如卡通影片粉紅豹，還有電影導演史丹利庫柏里克與米洛佛曼，而且至今我仍然認為《香水》那部小說的作者徐四金是個不小心投胎到德國的法國人。法國的一切我大都喜愛，唯獨不欣賞他們造的庭園，一句話，人工匠氣一品十足卻獨缺靈氣，喬木被編衛兵似地排排種植，把灌木剪成或圓或方或長條或圓錐的幾何形體，讓爬藤植物附生在動物造形的間架上長成一隻隻龐然又僵硬的綠熊綠馬綠鵬綠龍，又將時鮮花草栽種成一個個字母或圖案，真是體現了所有園林藝術的惡趣！而且他們嫉苔如仇，日夜匪懈地力圖除之而後快。

他們把苔看成一種入侵物、寄生者，是不請自來的不速之客，看它非花非草非樹，看它不生不長不添枝加葉不開花結實也不花葉凋零委地成泥。它默默存在，無聲無息地，它延續並擴大存在，還是無聲無息地，可哪知道什麼時候一不留神它就飄然遠行，從家門到天涯，把牆基和路徑都簽上它的綠色大名作為存在的宣告，這種群集生命的最基本形式，莫名而浩大，教人怎能不為之敬謹戒備？

我試圖尋找合適的法文對應字眼來跟我的鄰人解釋苔在東方園林藝術中的符徵意義，告訴他，苔代表天然、本色、平淡、寫意、含蓄。告訴他，風雅的中國古代文士是如此愛苔，簡直等不及它自然滋長，而要為它催生，竟想出把剩飯灑在花園裡讓它因腐敗而滋生菌類以為苔的沃土。告訴他，唯美唯靈的唐詩宋詞，不只酒香四溢，也苔痕處處。告訴他，古老東方崇尚的藝術創造的境界，不是透視學與幾何式的框架，而是活的生命的榮枯消長，而苔就是最需要這麼一雙靈眼去細細觀察與領會的「造境」者。

可是他不懂，而且可能永遠無法懂得因苔的存在而為園林帶來的那種幽雅冷寂，蒼古隱秀的美感，否則也不會每隔一段時間就開動高壓水注去寸寸消滅那些背陽就陰、避喧處靜的綠隱士了，我除了有「非我族類，其心必殊」之歎外，也只能像看造訪林黛玉住的「瀟湘館」時因踩著苔蘚腳步打滑而摔了個仰八叉的劉姥姥那樣，任他把苔蘚當成百害無一益的自然贅生物，來恨得個不共戴天了。

晴好的日子，我走在外光大氣中，偶然抬頭，瞥見頂上樹的枝椏間一角藍得透碧的天，就會再一次感歎全能的造物主是個一等慧心的藝術家，他知道樹的綠與花的紅就得配上天的藍與雲的白，要美，人無論如何是美不過大自然的，想到凡爾賽宮前後那些布局嚴整畫一，配色單調刺目，遠看像一張張剛剛出廠的地毯的花臺，心想應該召怪手一股腦兒把它們統統剷平清走，在原地種上成片的白楊或梧桐，至於地面呢，就養一片片青草，青草不及之處，則由綠縟可愛的苔蘚來填空了得。

（原刊於〈自由時報副刊〉）

家門口的吉普賽人

百來部旅行拖車一夜之間入侵我們住宅區外的林間綠地，天濛濛亮時，小孩和狗已從拖車裡跑出來滿地亂竄，大人則在空地架設烤架或瓦斯爐，以便開始他們一日的烹煮，接下來便由壯年男子合力搭建供奉聖母的帆布禮拜堂。這時住宅區裡的人則奔相走告：「茨岡人又來了！」厭惡與惶恐之情，直如豐收在即的莊稼人見到蝗蟲大舉進犯一樣。

茨岡人（Tsigane）是吉普賽人（Gitane）的別稱，這個自稱羅姆人（Roms）的族裔十個世紀前從原居地西亞出走之後，至今仍然在途中。在他們朝暾夕月、落崖驚風的飄蕩旅程裡，也得時時擇地小棲，卻因為沒有固定職業、恆產、家園與國籍而備受排擠，單單它自身的存在，對安居樂業的族群就構成一大威脅，走到哪裡都要碰壁要向隅。

茨岡人的威脅倒不抽象，也非來自人們的假想。這些化外之民不被任何體制所收編，卻寄生在既有的體制之上，每到一個地方，便會找個潔淨整齊的公園或帶綠茵草坪的林間空地落腳，過起露天的家常生活，在拖車與拖車間拉起曬衣繩，掛滿大衣小衣床單被套；在空地舉炊，弄得營地濃煙瀰漫；隨時隨地大小解，有礙觀瞻又污染環境；不惜破壞路邊消防栓以取得飲用與洗滌之水……等到十天半個月他們拔營遠去之後，原來那片美麗的綠茵草地已成寸草不生的焦土，只餘滿地垃圾與便溺了。這種專事破壞不知建樹的族類，理所當然要被當成不受歡迎的入侵者。

為了防禦茨岡人的入侵，歐洲各地政府無不挖空心思把公園或林間空地的入口處用水泥柱或大岩石堵死，然而這些不速之客往往租用怪手連夜清除掉障礙物，暢行無阻地闖入每個宜人的城中綠地，等當地警察終於拿到法院批准的驅逐令趕到時，才意興闌珊地動身找下一個棲息地去，無視於豎立在不同城市入口處「本城不接待流浪族裔」的告示。

我對吉普賽人的認識最早是來自文學作品，「要不要去流浪」曾經是我青春期思辨的永恆主題，在那截急於為人生定義的歲月裡，書架上隨處可以讀到這個或那個吉普賽人的履歷——雨果筆下為鐘樓怪人所熱愛的葉斯美哈達，幾乎是美善與俠義的化身。施篤姆〈茵夢湖〉中那個在小酒館賣唱的歌女，使得男主角把自己青梅竹馬的戀人拋到腦後。史坦貝克在〈菊花〉那個名篇中，讓一個美國主婦對駕馬車四處兜攬生計的補鍋匠目追神隨。而永恆的烈火情人卡門則是個社會與法紀的化外之民，梅里美把她描寫成一朵「惡之花」，用這個放蕩又熱力四射的吉普賽女人來對照偽善怯懦的文明社會，讓她公開輕蔑統治階級的規範，並以觸犯它為樂事，她獨立不羈，拒絕任何外力的約束，為了忠於本性甚至願意付出生命的代價。

文學裡的吉普賽人以安定和富裕為代價為自己保留了隨時離去的權力，他們是「不和也不同」的君子，是游世出世的自由人。家門口的吉普賽人髒亂、吵雜、無禮又不文，不事生產只知掠取，是人間的寄生者，是社會的嘔吐物。

（原刊於〈自由時報副刊〉）

尼斯的侏儒

有段時間，法國南方蔚藍海岸尼斯市一帶的夜總會流行一種「擲小人」的遊戲，用泡泡棉把一個侏儒裹得鼓鼓囊囊的，保護他免於受傷，讓與賽者輪番擲穀包似的把他往遠處扔，借以比賽臂力。這種由美國賭城拉斯維加斯傳入歐洲的遊戲，據說就因為扔的是真人，才更能點燃遊戲的興奮點。

可是尼斯市政府很快禁絕了這個不人道的遊戲項目，受雇作為遊戲「設備」的幾個侏儒卻以政府擋人財路而不斷進行申訴，想要爭回被剝奪的工作權。他們表示身為侏儒，只能靠每月大約一萬臺幣的殘疾人津貼勉強糊口，成了夜總會「擲小人」遊戲的主角之後，收入驟然長了十倍以上，更因為能自食其力而分外感到做人的尊嚴。

他們聘請的律師以「人是自身的所有者 (self-ownership)」的所謂「自然權力」的思

考邏輯進行抗爭，認為人既然擁有自身，就可以自願把自己或租或讓出去藉以謀利，援引的例子從《聖經・出埃及記》到《羅馬法》再到美國南北戰爭前南方許多容許黑人自願賣身為奴的州的州法，企圖把「自由契約」的精神貫徹到底，說什麼如果「自由契約」是文明社會藉以運轉的首要依據，就沒有理由反對幾個有獨立思考及選擇能力的成人按時段出租自己的身體為自己謀取利益。

律師的話經傳播媒體披露之後，立即引起了輿論的圍剿。有法律學者指出，「自然權力」的早期倡議者泰半來自西班牙、葡萄牙和荷蘭，這三個國家是海權與殖民時代世界奴隸貿易的軸心國，他們在捕獵並販售奴隸的行當中大獲暴利，自然有必要用些理論糖衣來包裹醜陋的事實，大談什麼人身租讓與買賣的合法性。再說，雖然出賣自身並不違背「自由契約」原則，可是卻嚴重牴觸了人生而價值平等（equal human worth）的現代民主原則，「擲小人」遊戲裡的人肉穀包只是玩樂者的工具，而不是與玩樂者具有同等價值的人，他甚至連奴隸都不如，因為奴隸至少在勞動中實踐了勞動者的價值。

而支持侏儒們賣身謀利的也不乏其人，這些自由主義者堅持來自康德的一種哲學假定：人是他自己生活與命運的主人，個人利益必須優於社會目標，侏儒們的個人利益是那實實在在的收入，它與社會在普遍的偽善與矯飾下形成的道德觀相衝突時，侏儒們的個人利益就必須擺在第一位。

針對這個意見，有社會學者又提出反駁，指出在這個任何東西都可以計量計價買賣的時代，這一套以金錢為唯一尺度的市場價值已對生活領域造成威脅，它可能毀掉市場價值外的所有價值——知識、藝術、友情、尊嚴、隱私等等，為了抵禦市場價值的侵蝕，有必要強行或人為地規定一些不可買賣的東西或不受買賣雙方意願左右的禁區。

經過一場又一場的筆戰與聽證會之後，侏儒們輸了，我大大地鬆了一口氣，這世界畢竟還在我的理解範圍之內。

一個人會自願賣身讓別人當穀包擲、一個人會付些錢把別人當穀包擲的社會，也許是自由的，但絕對不文明。

（原刊於〈自由時報副刊〉）

陽光崇拜

陽光洪暴似地從窗外瀉進屋子裡，這是仲秋時節一個罕見的豔陽天，我當機立斷，把兩個孩子從屋裡趕到屋外，去吸收健全成長不可或缺的維他命D，同時動手拆洗被套與窗簾，並決定把午飯開到後花園，飯後再為入秋後種在園中的球莖花翻土，總而言之，為了寸寸掌握上天賜予的金色韶光，得讓一家人的活動重點由室內移到室外。

這是陽光崇拜！

高緯高寒國度住久了，我也跟歐洲人一樣成了個「拜日教」教徒，誰教老天爺分配口糧似的，永遠只給我們剛剛夠生存下去所需要的陽光呢。根據最新紀錄，大巴黎地區每年享有陽光照拂的時間還不足兩千個小時，對於如此珍稀的東西，千萬浪費不得。於是便養成一種習慣，只要太陽一露臉，馬上丟下手邊的工作往戶外跑，去迎接陽光。

法國人最關切的事就是天氣的好壞，這也是人們見面寒暄時的永恆話題，凡是不能怪罪政府的問題，就怪罪天氣，尤其是缺乏足夠的陽光這一點。只要太陽不露臉，凡事全都不對頭，從生育率與營業額的下滑，到夫妻不和鄰人反目，再到貓狗厭食小孩蹺家逃課，統統都是因為上天不作美，沒有給足維持身心平衡所需要的陽光。

為了納入、持有更多陽光，法國人蓋房子時就在採光方面下足功夫——削去屋簷，是為了減少建築物的縱深，避免遮蔽陽光；迎光的那一面加設陽臺，以便人在室內就可以與太陽私會；增建玻璃暖房，方便把陽光逮個正著，囚禁在自家屋裡；花園闢出露臺，把全家人的作息空間由室內延伸到室外，時時沐浴在外光大氣之中，讓全身毛孔吃金黃色的人參果。巴黎是不到五月、一過九月就終日風雨飄搖，可鬧市裡餐館的露天座每年都堅持存活六個月以上，儘管在流動的空氣中熱的菜要變涼，涼的菜要變熱，可人們仍然願意多付一些錢坐在太陽下進餐。

然而自家的陽光永遠不夠用，人們年年趕集似地往南方走，到比自己家鄉緯度更低的地方去與太陽相會。歐洲國際觀光的黃金路徑百年不變，缺乏陽光的北方人每年夏季季節性大遷移，湧向南方追尋價廉物美的陽光，法國南部、西班牙、義大利與希臘是度假客心目中永恆的樂園，那兒海水溫暖，沙灘上鋪滿綿延幾公里的古銅色胴體，入夜後還可聆賞舞臺架設在大海淺灘中的露天音樂會，著泳裝的看客或坐或躺在猶帶陽光餘溫的沙灘上，一不留神就在夏深的薰風中跌睡過去，醒來後仍然曲未終人未散。

把地中海的陽光用完之後，再往印度洋、往南太平洋一路尋下去，那些窮困但盛產陽光的國家早已發現自家這筆可貴的資產，知道將它當成旅遊資源大力開發，印度洋的馬爾地夫，泰國的清邁和印尼的峇里島都成了「拜日教」教徒的聖城。到了聖誕節前夕，皮膚已蒼白得日光燈管也似的歐洲人，乾脆飛到地球另一端的澳洲去，在雪梨的沙灘上找回盛夏的陽光。

（原刊於〈自由時報副刊〉）

沒有汽車的週末

「沒有汽車的週末」已在巴黎試行了一段時間，範圍畫定在市區心臟地帶幾條被視為最富人文氣息的街道。我帶著朝聖的心情，刻意選個黃昏時刻走進我們這座美麗的城，寸寸覽閱平日穿行其間視而不見的長街，從古色古香的建築中感受生活的悠長與深厚，這長日盡頭傾心的謁拜，充滿著一種忘我無待的真自在。

八月的傍晚有風，像溫柔的金黃色的細沙揉磨著人面，三三兩兩的人群閒街信步，整個鬧區帶著一種入眠般的靜謐，在這電子時代的匆忙中更顯出罕見的從容。行人之外，「輪上族」也大量出動，單車、直排輪、滑板、滑板車、溜冰鞋，花樣繁多各具姿態，在巴黎的最中心地帶曳一串乾爽的長風，讓自己像踩風火輪的哪吒那樣凌空蹈虛，輕倩流麗地朝世界行去。

最能取代汽車的自然是單車，巴黎市很多路段早已闢有單車專用道，歐洲人「沒有汽車的週末」最早就是由「以兩輪代替四輪」的構想為出發點，希望實踐一種「四輪營生，兩輪休閒」的生活形態。從單車到汽車，是科技的進步，從汽車再回到單車，卻是文明的提升，這代表一種與環境和平共生的進步思想，因為單車不排放廢氣、不製造噪音，也不會發生交通阻塞，遠遠優於汽車。

要知道，全球氣溫暖化，臭氧層破裂，罪魁禍首就是大氣中過量的二氧化碳，而大街小巷滿地跑的汽車，正是製造這號毒氣的能手。環保意識最濃厚的瑞士，很多城市明文規定，私家汽車沒坐滿四個人就不許開出城，當地人深刻體會到單車是把他們的城市從空氣污染與噪音污染解放出來的救星，自發地以單車代步，蘇黎世的居民，就曾經因為市政府關閉了一處單車專用停車場，而家家戶戶把單車凌空懸掛在公寓外牆以示抗議。

說到行進速度，一般人都以為這是汽車無可取代的強項，這在一般情況下是個不容置疑的事實，卻偏偏不適用於人們爭分奪秒趕路的上下班交通尖峰時段。有專家做過一項有名的模擬試驗，當六個北京人中有一人擁有自己的車子為代步工具時，這個城市的平均行進速度，就會比全體人口都以單車代步時來得緩慢！

我有多回坐困車海的痛苦經驗，進巴黎市區短短十幾公里的路程，因為塞車而開上兩三個小時的車子，就算徒步上路也早就到了，因此是「沒有汽車的週末」這項活動最熱情的擁護者。在我看來，把巴黎最繁忙的五十公里通勤圈都畫為行人與兩輪族的專用區，我們這座舉世知名的「光明之城」，才會真正成為帶領世人進入「無污染世紀」的文明先進城市哩。

（原刊於《自由時報副刊》）

掏舊熱

所謂的攤子通常只是一張折疊桌，印染布上擺些家中儲藏室或小閣樓出清的傢什舊物，全家人都出動輪流看守，客串一天小生意人，體驗商海浮沉的滋味。這當兒下崗的人就去逛別人家的攤子，用剛剛賺來的錢買幾件巧奇的玩意兒。攤主們好像都彼此認識，不時開懷地隔攤互相打趣嬉鬧，說不定是鄰居或朋友們相約一起擺攤哩。人們挺著肚皮，肩膀鬆垮，全身重心落在後腳跟，由一個攤子蕩到另一個攤子，十足休閒姿態。

這是我們城裡一年一度的舊貨市集(Brocante)，這種由全城的人集中一天出清，叫賣自家多餘或老舊物件的市集，另外一個名稱就叫「清倉」(Videgrenier)，通常由市政府封鎖城中心幾條大馬路騰出空間，由登記擺攤的市民繳納薄資共襄盛會。這種地方上的集體狂歡總能匯集廣大的人流，於是順帶地吸引了周邊的流動商販，釀酒人帶來了酒，養蜂人帶來了蜜，手工藝人也帶來烙著各自手澤的陶瓷器、雕刻品，籐編的籃呀簍呀。

我們成家的歷史短，屋中還淘汰不出足夠擺上一攤的物件來與共盛會，可是我與兩個男孩卻百逛不厭這種鬧烘烘暖融融的市集，這裡雖然也有銀貨兩訖的買賣，卻不染絲毫市儈氣與銅臭味，人們賣東西的本意在於分享而不是賺取，因為訂的價格總是低到近乎象徵性的，只是為了替曾屬於自己的物件找個能好好珍愛它們的新主人罷了。

而透過陳列並出售自家舊物，人們也向外人揭露了一頁簡明的家史。有人說：「一個敏捷而富於文化教養的心靈，會在國際機場讀時裝，在五金店讀工藝史。」他怎麼沒有想到要來舊貨市集讀活生生的庶民生活史呢？

人們在這兒體驗著發現的樂趣與驚喜，在渾身鏽斑的烤麵包架、打字機、手搖電話和成疊成疊的手繪陶盤中，偶爾會找到一個祖母時代以燒炭加熱的熨斗、拿破崙時代行軍用的折疊鐵床，或外籍傭兵空降剛果時穿的野戰靴，要多骨董就有多骨董，這也是舊貨市集存在的本意，讓與我們生活在一起的物件默默地敘述它們自身古老的歷史，讓過去展現在眼前，加固我們生存的根柢，也叫我們不忘本。舊物也自有它的魅力在，首先在於它的獨特性，它跟絕版書一樣珍稀、一樣獨一無二，在市場再也找不到相同的製成品；其次是手工製作的個性呈現和工匠在功能性方面下的功夫與用心，遠非工業生產線的千品一面所能比；再其次就是採用材質的淳樸與自然，不管用的是黃銅、生鐵或紅木，都能在物件表面呈現出時光的沉澱之美。

在一個世界各地政府都在鼓動大眾消費，以帶動市場活絡經濟的時代；在一個連照相機這麼複雜貴重的器械都可以即用即丟的時代，舊貨市集的存在與風行確實別具意義。它教人不要丟棄，因為丟棄物件的同時也丟棄了往昔的歲月，丟棄了回憶；它教人不要遺忘，因為對事對物的徹底遺忘，就是生命局部的死亡。

（原刊於〈自由時報副刊〉）

厝邊人

我先生與鄰居隔著圍牆大聲理論，因為我們後花園的水泥牆砌得太高，削去了鄰居家樹籬的陽光，使得他家一排近兩公尺高的柏樹日見蔫萎。只見兩人談了一會兒後便拍手兩散各自入屋，原來他們隔著圍牆扯著嗓子大聲喊話太累，約好入屋撥通電話跟對方繼續談。

這就是眼下我們巴黎的「厝邊人」。

搬入新家四年時間，我們與左右兩邊的緊鄰還沒互相登門拜訪過，只知道右鄰是位退休的海軍上校，左鄰是大巴黎地鐵管理處的一名幹部，這兩家人的姓氏還是從他們家大門的門牌上得知的。我們這條小街上十幾戶已結鄰而居了半輩子的老街坊們，彼此也同樣老死不相往來。

現代人已經習慣了人情炎涼的世道，尤其是大城市裡的公寓人，可能終其一生不認識相隔不過十五公分、生活在牆壁另一頭的人，這種原子式的都會人際關係倒不難理解，萬萬沒想到住城郊獨門獨院的零星住戶，也家家重門深鎖諱莫如深，與近鄰終年不相聞問，更不必提登堂入室的往來了。這多少摧毀了我的家園經驗與認知，一個沒有鄰居的地方，在主觀感受上是不太成為家園的，誰能與這樣的地方建立真正的血脈情緣呢？

中國人的家是個廣場，任人來去，生熟不拘，上海的里弄，北京的胡同、大雜院、筒子樓，和臺灣城郊的眷村、鄉下的四合院，幾乎都是化個體為整體的有機組合，生於斯長於斯的孩子，自小就串門走戶，在鄰里街坊之間任意穿梭，如入無人之境，每個人都是他那個地頭上的所有人共同拉拔長大的，在四鄰的話匣子中接受社會教育的免費課程，一曉事後就習慣了「抬頭不見低頭見」的處世態度，鄰里與鄉土觀念早已內化入骨血之中了。我雲林老家的四合院裡至今仍然家家門戶大敞，就連有事外出時也不關門，體貼的主婦每天早晨還會沏上一壺茶留在大廳，讓過路人進去歇腳時可以小飲解渴。

用中國人的眼光看，法國人的家則是一座城堡，設了城牆城門，挖了護城河，河裡還養了吃人的鱷魚，外人輕易欺身不得。逢上有事去敲法國人家的門，做主人的往往把門拉開一條小縫，連防盜鍊都沒有除下，便可以這樣跟來人談上半個小時，熟人也不例外，誰也別期望主人會延客上座，甚至奉菸奉茶了。

這樣的圈地與圈心運動，是什麼時候開始的呢？

看來所有的都會中人都拒絕溫情，個個是冷酷生活的見證人，出門時把自己關入汽車那個小繭，回家後又把自己關入房子那個大繭，人人裏在一個胎衣般無形的膜之中，在寂寞中成長也在寂寞中老去，愈來愈懶得跟旁人多廢兩句話。英國作家狄更斯一百年前就感慨地寫道：「這真是一件怪事，在倫敦，人們完全可以不受人注意地活著與死去。只要你不走向他人，絕對沒有人會向你走來。」這話也適用於柏林、斯德哥爾摩、愛丁堡、布魯塞爾、里斯本或巴黎，我相信，在不久的將來，它也會適用於臺北、上海、曼谷、西貢、漢城。

（原刊於〈自由時報副刊〉）

漸行漸遠漸無書

我一位嫁作法國媳婦的上海朋友看我靜坐書桌前給家鄉的親友寫信，嘖嘖稱奇後又大歎我的落伍，在她看來，我們都堂堂進入電子通訊時代了，何苦像個農業社會的手工藝人那般費神地播字筆耕，還得不厭其煩地上郵局稱重量貼郵票越洋航遞，然後再引著頸子眼巴巴地等回信，這是完完全全的不經濟、沒效率。面對這麼一個E世代的新人類，我沒法讓她懂得我就是不要速度，不要效率，要的就是思念、等待，要的就是《詩經》中所謂的「求之不得，若有所失」與「心之憂矣，如匪浣衣」的曲折心路。

活在這個「地球村」的時代，各種發達的通訊手段使得空間的阻隔都消弭了，不管你生活在地球哪個角落，家鄉就在你眼前你耳畔。拿我們這些旅歐的華人來說吧，要是想念故鄉的話，一個衛星電視臺的搖控器在手，有四個中文電視頻道任君選擇，可以看到介紹港臺及大陸的各種專題節目。有四份每日發刊的僑報，上頭有港澳臺及中國各大城市的專頁。也可以由臺灣訂來不同的中文報刊，翻開來家鄉人家鄉事，食衣住行應有盡有。家鄉颳大風下豪雨或掛起颱風信號旗的日子，由電腦發個 E-mail 回去探詢災情，消息的往返便利又快捷。外文程度好的人，可以看 CNN 或 LCI——二十四小時新聞專臺，前者以英語播放，後者則以法語發聲。想念媽媽的話，花一頓牛排餐的價格買張國際電話卡，就可以隔著半個地球聊上兩三小時的天。

然而我不給自己這種種便利。我老記得十五年前自己剛到歐洲時，那當兒電子通訊手段遠不如眼下發達，打越洋電話也非常昂貴，寫信是連通故鄉的唯一途徑，寫信寄信盼信收信讀信和覆信於是成了寂寞的異國歲月稀有的歡樂與光明，來自家鄉親朋好友的每一封信都被我貪婪咀嚼，細細回味，然後輸入記憶珍藏，小小的信箋承載了最大的私人空間，是空曠冷漠的人海裡唯一的溫暖與慰藉，支撐我度過乍然離鄉的寂寞噬心的日子。

寫信的習慣就一直維持下來，它是我保留給自己的一塊精神上的一畝三分地，當我把自己關進書房獨坐燈下給遠方的友人寫信時，目追神隨一筆一畫刻在紙頁上的字，情感逐漸沉澱凝聚，心也跟著靜了、定了，似乎感受到另一種時間的尺度。雖然刻意學過電腦的中文文字處理，可始終無法接受電子郵件的冰冷、機械與千人一面，我相信正是在與機器的交流中，我們不知不覺地改變了自己的溝通模式與感情模式，再也沒有了山重水復，一折三歎的細膩與精緻。「烽火連三月，家書抵萬金」的時代早已一去不返了。

古詩有云：「漸行漸遠漸無書」，說的是離鄉日遠家書日疏的人情之常，可歸因於古代通訊系統不發達，關山阻隔，所以一書萬金，而現代人的「無書」，理由正好相反，只因電子媒體上無所不有的訊息，把我們的一點鄉思都給化整為零地消解了，我們於是再無餘情提筆為書。

時代真的變了。

（原刊於〈自由時報副刊〉）

一品十足中國胃

在巴黎新凱旋門碰到一群垂頭喪氣、歸心似箭的臺灣觀光客，攀談之下，發現他們因為適應不了歐洲的飲食，從而遊興大掃，法國的棍子麵包與開胃冷盤非但壞了他們的胃口，也壞了他們對歐洲大陸名勝古蹟與文化典藏的興趣，滿腦子想的都是臺灣寶島的蚵仔麵線與燒餅油條，旅程還沒進行一半，便盼望著早些打道回府。

那支三十幾人的旅行團，據導遊介紹，成員平均教育程度為專科，又都處於青壯年歲，所以被假定為環境適應能力比較強，獵奇心也比較重的一群，因此旅行社便沒著意為他們安排中式的膳食。沒想到那三十幾隻一品十足的中國胃，僅僅因為習慣使然，便拒絕權中外之宜、通地域之變，面對異國的餐飲，儘管早已饑腸轆轆卻一點不來食慾。

我猜想有過幾回這樣的教訓後，旅行社今後的作風又會更保守一些，為了保證他們的顧客不論到了哪個國家，都有賓至如歸之感，頂好一下飛機便全體趕上觀光巴士飛車趕到當地某家中餐館去，大飽味精與醬油，以預防思鄉病的發作。

作為一個拿筷子扒米飯長大的人，我自然承認蚵仔麵線與燒餅油條要比通心粉和漢堡包解饞，吃著心田滋潤，但是仍然為那些到了法國，卻沒好好嚐一嚐具有國際聲譽的法國菜的同胞感到惋惜，在我看來，這個損失是雙重而且無法彌補的，因為文化不能脫離環境而存在，環境創造文化，環境也改造文化，中國菜在歐洲大陸這個陌生的土地上，為了順應異族的口味，不斷自我調適，以融入當時當地的習俗與社會節律，終於蛻變出全新的面貌來，我相信臺北的法國菜館一定也要經過相近似的環境調適歷程。這就解釋了我方才提到的無法彌補的雙重損失：我那些口胃過於國粹的臺灣同胞，正是犧牲了可能一生僅此一次在法國吃道地法國菜的機會，改就歐洲中菜館裡早已面目全非形跡可疑的變種中國菜。

中國人在現代化的過程中，長期有「名實」與「體用」之爭，唯獨口腹之慾這一項，總是不折不扣的國粹派當道，許多在中土時經常為了「變著花樣吃」而上洋餐館的人士，一旦移民放洋之後，就不想開洋葷受洋罪了，每到週末便夥同一家大小殺上中國城去搬回一罐罐豆腐乳、天津冬菜、四川豆瓣醬，以綏靖心口腦際的縷縷思鄉魂。然而儘管挨店挨鋪去蒐購下鍋原料，遺憾的是，就連以中國菜高手自詡的人，在異國灶臺邊炮製出來的，總也是那種西式中餐，從而引發了「鍋不鍋、火不火；家不家、國不國」之歎。

世人都以為中國人口腹之慾的獵奇心重，「天上飛的不吃飛機、地上跑的不吃車子」、「兩腳的不吃人、四腳的不吃桌子」，天地萬物無所不能入膾，殊不知這是有條件的，中國人誠然可以接受各種下鍋的材料，可卻非常堅持傳統的烹飪方法，以求口味的本土化，拒絕開拓自身的味覺經驗，殊不知醫學專家早已證實，吃傳統和西方混合飲食的人壽命都比較長，單就健康的理由，也有必要廣開「食」路。

（原刊於〈自由時報副刊〉）

中國城

我們在羅馬「中國廣場」一家粵式酒樓吃飯，掌杓的老闆娘因為生意清淡，從廚房跑出來與我們敘鄉誼。她告訴我們，這滿街飄著北京烤鴨、醬豬耳朵香味的「中國廣場」，是一九八五年在市政當局的規劃之下拔地而起的新興商城，六十公頃的地面有十八條繁華大街，能容納三十萬人落戶，大概是目前為止歐美國家新建的最大的中國城。「城」內街道及廣場分別以長江、黃河、長城、北京、上海等道地的中國名詞命名，據說這在擁有悠久歷史文化的羅馬還是第一遭，曾引起守成的義大利人嚴正的抗議。

走在鋪滿沙嗲、金針、木耳、鮑魚罐頭、鎮江香醋、天津冬菜及空運抵埠的榴槤、龍眼、荔枝等東方食品雜貨商場的貨架之間，我不期然想起由香港夫家移民加拿大的臺灣女作家劉曉梅說過的幾句話，她說每個移居海外的中國人，都隨身帶了一點他鍾愛的家鄉到他客居的土地上。可不是嗎，眾志成「城」之下，在羅馬市心臟地帶就有了個佔地六十公頃的小中國，於是散居五湖四海的中國人不管走到地球哪個角落，都可以就近找個中國城去買家鄉貨、吃家鄉味，順便與同文同種的家鄉人大敘鄉誼。

世人都以為只有強國強種的美國人才可以帶著自己的母文化走遍天下，半個多世紀來，美國這個政治、軍事加經濟霸權單方面的文化輸出，已把美國式生活景觀移植到全世界每個角落去，無論在哪一洲哪一國，放眼無不是麥當勞、肯德基、耐吉、IBM和好萊塢當今強片的巨型看板，就連以各種不同語文發行的時尚雜誌，呈現的也是美國式享樂與奢華的生活場景。無孔不入無遠弗屆的傳播媒體，眼下又不斷把地球村帶向同質化，地方色彩在剝落，代之以美國式的快餐文化，一句話，所謂的全球化其實就是美國化。

靠著世人對美式文化的有效率與實用性之認同，它可以傳播到世界每個角落，而中國人之所以能在世界各地蓋起一座又一座中國城，則完全出自這個族裔愛與同類聚居及對母文化的強烈眷戀。據不完全統計，當今世界大約有分佈在五大洲近三十個國家的六十幾個大規模的中國城，而在歐洲，幾乎每個上萬人的城市都可以找到一兩家中菜館甚至賣南北乾貨的中式雜貨鋪。

海外同胞這種戀鄉戀舊的心理委實令人感動，可我無法理解的是，為什麼生活在自己土地上的中國人對西方文化始終抱著魯迅所謂的「拿來主義」，義無反顧地在現實與心理兩個層面大刀闊斧地進行西化工程，把生活空間弄得不華不洋不東不西，通國找不到一個像中國的城，可一旦移居海外，又對國粹鄉粹分外珍惜留戀，非得在異邦人的土地上用琉璃瓦與紅燈籠砌出一座座符號化了的微型中國不可？

中國城裡的中國人吃中國菜、讀中文報、收看衛星華語節目，只與同胞交誼婚嫁，對於腳下客居國的事物反倒渾然不覺，這些奧國小說家褚威格眼中的「世界公民」，隨身攜帶個小中國當活命的氧氣筒，是地球村時代的國際鄉巴佬，為了逃避母國而移民海外，又為了逃避客居國而躲入中國城。多大的諷刺！

（原刊於〈自由時報副刊〉）

照羅馬人的辦法做

當年王昭君遠嫁匈奴和番，丈夫死了，按照當時當地的風俗，她就應當作為丈夫的一部分遺產「父傳子」下去，嫁給她丈夫的長子，因為在匈奴社會，父子與兄弟被視為一體。野史記載她曾遣人回去向朝廷請示，朝廷應允她遵循當地習俗下嫁她自己名義上的兒子。這個故事的教訓是要人「入鄉問俗」，或如西諺所謂的「在羅馬就照羅馬人的辦法做」。

在關山阻隔的年代，不同的民族在對方眼中都是一個夢、一個神話，既是地理上的「異域」，又是文化上的「他者」，如果沒有虛心的觀察與偉大的接納，是無法輕易跳過那一道道由語言文字、風尚習俗、典章制度造成的鴻溝的。遙想活在遠古時代的大舜，到了邊荒地區，也得在頭上插幾支翎毛與土著圍著篝火跳舞；大禹到了傳說中的裸國，也不得不光著身子行走造訪當地人士。當年西洋傳教士到世界各地去傳教，更是因時制宜隨時隨地調整自己的行為模式與處世手段，以期快速融入客居的土地。

利瑪竇在明朝萬曆年間入中土時，以為中國也是佛教國度，一開始也學到印度去的師友那樣盡淨鬚髮一身袈裟行走於準教友之間，直到他發現尊崇並跪拜「天地君親師」的儒教並不是宗教，而是一種生活哲學與規範，立即從善如流，不再冒充和尚，代之以身著錦繡棉袍頭戴東坡巾的儒者姿態出現，成了個衣冠服飾與風度作派都中土化的泰西大儒，一下子打入當時的主流社會。據說他熟讀經史子集，出口成章，對中國人的上下打點、送禮行賄也非常在行，終於以一個自鳴鐘打通了竟日在脂粉堆中打滾的萬曆皇帝緊閉的殿門。

可是這層「照羅馬人的辦法做」的認知不久前受到另一種說法的衝擊。法國人文雜誌《兩個世界》最近一期有篇叫〈同床異夢〉的文章，針對入境是否該問俗大作翻案文章，看似偏鋒卻處處有切中之論。作者認為與其一知半解地適應對方，甚至盲目地按照對方的標準行事做人，不如以不變應萬變，一開始便向對方亮出自己的底色來得妥貼，因為一般有機會或有興趣接近外國人的人士，泰半有備而至，已預修了了解對方的功課。

比如法國人與中國人接觸時，中國人預期法國人在見面與道別時都會來個貼面吻，可是法國人卻跟中國人打躬作揖，反教人錯愕。又如收受禮品時，中國人習慣在事後才打開，西方人則當著贈與人的面拆開並致謝，很多西方人學中國禮節，也不當面拆開禮物，讓中國人懷疑這個外國人看不上他送的東西，是不是瞧他不起。作者認為比較穩妥的辦法是照自己原來的習慣做，萬一因風俗禮儀之不同而犯錯或犯忌，是可以理解並原諒的，一旦按對方的標準行事，犯錯時會被當成有心之過，如此一來，非但自己身在盲區，也讓對方陷入盲區，雙方都難以脫困。

在羅馬卻照自家的辦法做，這也可以用後現代的觀點加以詮釋，眼下無遠弗屆的傳播媒體已把這個星球送入一個地球村的時代了，市場更進一步統一了世界，想必地理上的「異域」與文化上的「他者」也與時俱逝了，這時人們才對自身的一點殊異性分外珍惜，不再願意「照羅馬人的辦法做」了。

（原刊於〈自由時報副刊〉）

小村

像我這麼個食字獸，總是由一本書開始對某個未曾涉足的國家或地方的想像，書中點滴的發現與領悟，都自然而真確地成為我心靈歷程的一部分，以至於當真置身其中時，竟恍然如歸故里，腦中影影綽綽的人與事當即立體鮮明起來。對這座夾在羅亞河與大西洋三角地帶小村莊的謁拜，也像是在重溫我從夏多布里昂、左拉、斯湯達、福樓拜、莫泊桑諸家的小說中走過的法國農村的回憶哩。

這麼個村子，總是擁有百來戶人家，幾乎不存在於任何地圖上。村子的入口處，就是屬於那個村子的「各各他」，「各各他」是個外來字，原意是主耶穌流寶血的地方，也叫髑髏地，歐洲很多地方都藉這個宗教事件，在高地上豎立一個有耶穌殉難像的十字架，這「各各他」有點近似臺灣鄉間的土地廟，使得宗教生活變得如此的親近與家常。離「各各他」不遠的地方，偶爾可見一座磨坊，它是把麥子變成麵包的必經之處，象徵著飽足、生命及聚居，是個充滿濃郁煙火氣息的人跡，它往往傍著一片在夕陽中深情依依的幼楊林。

教堂是村子的核心，公墓在教堂之後。時日的遞移反映在刺向廣場的教堂尖頂的長影，和每個小時響上一次的鐘聲，它是如此恢宏響亮，緩緩灌入大氣之中，一波波往外迴盪，聽起來像是這方清淡的小天地固有的聲音，像是生命之初之中之終的聲音，它在虛冥中瀰漫，飄搖溶解入深邃浩大的蒼穹，喚醒一個人本有但在塵俗中迷失的慧根。

離教堂起碼五百公尺的地方有個小酒吧，這個距離是政府明文規定的，極可能是政教合一時代的遺風——上帝不想看見祂的羊羔在酒精的烘焙之下做出的種種不當言行，所以得把酒吧擺在上帝的視線之外。藥房與麵包店和肉鋪隔鄰，再來就是賣香菸與彩券的專門鋪子。生活可以如此簡單，在這兒也就這麼簡單。男人們在星期天做完十二點那班彌撒後，會結伴上酒吧喝一杯。

每個人家都有一間瓦屋半畝庭院，門牆裡的花草是那樣敏感地接受著季節的暗示與感染，大自然則像個老朋友鎮日在屋前屋後探頭探腦。在滴著雨水萬物生長的天籟聲中，農人下田耕作去了，子然一身擔當著一個大宇宙。遠處隱隱約約有機器的回聲和現代化的腳步，然而他們充耳不聞，仍然皈依自然，情願退居現代文明的邊荒，固執地住在世居的土地上，一代代人在上頭默默無聞地死，生時與莊稼並肩而立，死後與草木結伴而眠。

後信息時代全世界大都會市民生活日趨同質化，從時裝款式、酒店設備、交通工具、通訊手段、流行音樂到有錢有閒階級炫耀財富的方式都逐漸同步，千城一面，只有與自然事物維持著血緣般親近的農村可以逃脫時代的概括，保留自己獨特的風貌。如果對時間的觸摸必須借助空間物象的資助，那麼百年不變的法國農村景觀，真的像浪漫主義最後一人羅丹所謂的「以世紀的步伐在前進」。

（原刊於〈自由時報副刊〉）

城中荒野

打開我家花園的鐵門，不管往哪一頭走上一百步，都會撞入一片幽夢迷離的荒野之中。鬆軟的土地裡萬物驚蟄，濃密的林木中夾著幾條瘦長的小徑，苔蘚塗綠了每一寸土地，野花閒草隱藏在獨幹喬木深幽幽瀰漉漉的陰影裡，頂上的樹葉沙沙翻捲，是日光裡顫抖著的綠濤，間或幾聲鳥鳴，剎那間使人瞥見鳥聲裡所包含的森林往事。這兒不是絕了人煙的邊荒地帶，而是文明人在家屋與家屋、聚落與聚落之間刻意留置的小幅荒野，離舉世聞名的巴黎艾菲爾鐵塔只有十五公里的直徑距離。

歐洲是現代科技文明的發源地，從受制於自然一路發展到役使自然，製造出來的大工業大機器不斷削減乃至滅絕生活中的自然因素，以無機取代有機，以人工取代天成，無邊的荒野在人的貪念之下一片片淪為家園與作坊，淪為城市與工業園區，保證了人的安全與舒適，卻也馴化了人的野性與生命力，直到有一天行走在摩天大樓陰影之間的狹谷底部，在潮水般的汽車尾氣的硝煙中摸索前進，從頭頂的一線天再也看不到鳥蹤蝶影，才驀然發現大自然已成了一個遙遠的舊夢，這時的文明之子才會重燃對荒野的孺慕與嚮往，這種突然湧現的心靈返祖現象，是人類對其宿世足跡一種刻骨銘心的追憶。

原始人是不懂得欣賞荒野之美的，他們身處的自然危機四伏草木皆兵，帶刺的莖有毒的果，螫人的爬蟲噬人的走獸，還有要命的斷崖、坑洞、流沙、暗潮、洪澇、旱魃，是個豺狼虎豹的生物圈，也是個弱肉強食的大叢林。

窮困落後地區的人民也不懂得欣賞荒野之美，他們鎮日匍匐於泥塗塵俗之中，奔競衣食而不及，從無餘情對周遭天地做審美式的覽閱，在他們眼中，大自然只是可榨取可討伐的對象，他們對山林濫砍濫伐，予取予求，而且往往因為人口負荷過重，寸土必爭，荒野是不可能存在的。

只有一個對環境品質有堅持的社會，荒野才得以保持旺盛的生存勢頭，可以說荒野的留置與保存，是文明之子與大地之母達成的片面和解，因為文明之子知道，人一走出野蠻狀態，與自然立即有了分隔，進化程度愈高，與自然的分隔就愈深，為了放緩緊張忙碌的機械步伐，回歸事物的自然程序，為了貼切參與天地萬物點滴無痕的造化，必須讓荒野再成為日常生活環境的組成部分。

因此歐洲人對荒野的管理就是「不管理」，他們刻意在家屋與家屋、聚落與聚落之間留置一小幅空地，任其自生自滅，讓今年的殘枝敗葉堆累在去年的殘枝敗葉之上，讓橫七豎八的斷株枯木在原地寸寸腐爛，不再將之當成可利用的對象進行榨取式的經營，也不再施加任何人工的干預與雕琢，聽任它在投閒置散的狀態中重新煥發生機，當歲月把人工鑿痕滌洗乾淨之後，它就會還原為荒野。

荒野蕪雜、粗礪、渾厚、荒穢，那是一種最純粹的自然狀態，是我們的世界本來的面貌。

（原刊於〈自由時報副刊〉）

迷島

我的朋友貝里耶送給我的聖誕禮物是一座微縮的海島，在被海水封閉的一塊隆起的土地上長著一棵椰子樹，樹下是一個印第安式的簡陋茅舍，哥倫布曾經在這樣的茅舍中簽發自己草擬的法令。這是貝里耶用陶土親手捏出來的人間天堂，他這個島迷最大的夢想是長居於一座熱帶海島，知道我來自太平洋中一個祖母綠的島，經常提議拿他已身所出的這個古老大陸與我交換。

於是我們的話題自然而然圍繞著島展開。座中有人劈頭提出「願意與誰一起漂流荒島」那個已經成為經典的傻問題，聽著彷彿人們隨時都會漂流荒島，不能不預先準備一個稱心如意的伴侶似的。這個「經典蠢問」沒有標準答案，但是答稱願意與目前的伴侶一起落難的人，是個罕見的幸運兒，答稱得找個產科大夫共赴邊荒的女人，則最聰明也最實際。

但這終究是個百分之百的假設而已，因為要漂流荒島首先得搭船遠航，並且得在途中遇到海上風暴才成，可是在這個噴射客機時代，誰還會有橫渡重洋的海上旅行的機會呢？好萊塢為了讓湯姆漢克斯演一回當代魯濱遜，不惜挖空心思製造一起海空混合災難，才把他送上一座無人島，罔顧人類社會早在十六世紀資本主義初興的時代就開始了海上大探險，早已把這個世界翻了幾遍，到了今日，對自己寄身的這顆藍色星球已有一個瞭如指掌的地理圖象，要找個荒島漂流去，就如要在好萊塢找個處女談戀愛一樣難。

可是坐困古老大陸的歐洲人對島總是衷心嚮往，尤其是熱帶海域裡的島群更讓他們內心悸動不已，那些陽光島嶼神祕、原始、富饒、美麗，它們漂浮在茫茫巨浸之中，散發著熾熱的生命氣息，我順著貝里耶的眼光望向一個島，只見一片蒼茫高遠的海天漫無圭角，上面是渾然的天，下面是浩然的水，島人的心靈便孤獨地處於這兩個偉大的非常之間，不涉世務不求聞達，彷彿與天地、海水、沙磯、潮汐化為一體，合成一個神祕而巨大的靈魂，在半昧半明中，進行一個平和得近乎半死的歇息。

就連屬於他們的大陸海岸線外的大小島嶼，在他們心目中也是土地中最美最堪留戀的部分，英國人有澤西、法國人有科西嘉、義大利人有薩丁及西西里，這個馬靴國最美的城市威尼斯也坐落在一個離岸兩個半英里遠的島上，而作為西方文明源頭的希臘更是以島嶼多而成了全歐洲人的夢土，從愛奧尼亞海中的科孚到愛琴海裡的克里特、羅德和聖托里尼，都是帆檣林立、舳艫相接的海角樂園，也是昔時諸神的家鄉。

沒有島嶼，就沒有遺世獨立的魯濱遜，就沒有傳說中的金的山、銀的河，就沒有達爾文的天演論及後來的島嶼生物地理學與保育生物學；沒有島嶼，坐困大陸的文明之子又如何脫離原籍到遠方的海平面去尋找殖民與殖夢的處女地？然而開發總是意味著送輓，人類學家李維史陀怎麼說的？他說文明的到來就為了敲喪鐘。我始終沒有告訴貝里耶，我們那座孤懸於太平洋西陲的島在成了一座舉世聞名的大工廠的同時，已不復它那祖母綠的美麗顏色了。

（原刊於〈自由時報副刊〉）

雪國戀

造物主有時難免在時序的琴弦上撥錯幾個音符，比如今年我們就過了一個和煦如春、攝氏十度左右的聖誕節，一趟雨過後，園中的草坪是洪暴似的新綠，種在柏樹樹腳下幾行報春花嫩綠的芽也從土中冒出頭來，如果生命的生發是春來的證據，那麼這番仲冬時節裡的旖旎春色，標誌的就是時序的嚴重錯位，害得我像古代的文人雅士那樣，「惜春只怕花開早」了。

剛住到高緯的歐洲時，一直以為這兒的冬季會是個雪國，理當年年有個銀色的聖誕，確實，從地勢緯度上來講，巴黎與溫哥華等高，入冬後該像溫哥華那樣散發著一地的銀光與冷香，但是因為法國北面英吉利海峽、南瀕地中海、西臨大西洋，三面環水，受海洋暖流調節，是夏涼冬暖的溫帶海洋氣候，我在這裡一住十五年，可碰上的漫漫大雪天，不用十個指頭就數完了。

大體上人們缺乏什麼就嚮往什麼，光棍嚮往女人，流浪漢嚮往家，沙漠邊緣的居民嚮往及時雨，而亞熱帶土生土長的人對雪自然有一分情難自已的遐想。記得大約二十年前某個仲冬之夜，臺北陽明山竹子湖下了一場漫天大雪，消息經電視晚間新聞一披露，立即在大臺北居民間引起一陣騷動，人們傾城而出上山看雪景，我也是成千上萬個朝聖者中的一個，把自己穿得鼓鼓囊囊地奔上街，招輛計程車就匯入觀雪大潮去了。那是我生活在臺灣三十年間唯一的一場雪，至今銘感五內，只記得漫天鵝毛大雪連綿不絕無窮無盡，遮住了天蓋住了地，絡繹而來的人潮奔逐嬉鬧於山中那個皓光萬道、瑞氣氤氳的晶瑩世界，有人打雪仗有人砌雪人，恣意歡笑直至忘我，臨去之前還不忘把親手捏的雪人安置於車頂，向一城之人誇示自己的雪中壯遊，我猜熱情如火的觀雪人潮可能當夜就把竹子湖那場大雪搬個精光！

在沒住到歐洲之前，我一直以為雪是冷的極致，以為冷到極點時，鵝毛大雪就會鋪天蓋地而來，為蒼涼的人間披上一件美麗的銀白色大衣，抹去地面猙獰的色調與硬厲的線條，人們都偎在灶火旁歇息，吃烤栗子喝葡萄酒，談文學道人生，等待春回大地。可是卻不！在歐洲經歷過幾個奇寒卻無雪的冬季之後，才修正了這個想法。雪不來，僅來了霜，耳畔刮著刀子般鋒利的風，耳輪承受著透骨的冷，放眼天地黯淡人世冥然，一群禿樹石化了也似地沿街站著，溜牆風也掃它不動。為了防止行人和車輛在結著薄冰的路面滑跤，市政府不得不在大街小巷撒上幾百噸的海鹽，那帶著褐色沙泥的鹽粒，使人間看起來更髒更舊了。

不久前重看《齊瓦哥醫生》，看他從火線脫身重返瓦雷金諾，與他的情人娜拉找到了人生瓦礫場上的愛情綠洲。四周是仲冬大夜，是皚皚白雪和懾人的狼嗥，可醫生詩人卻詩興大發秉燭夜書。看到這裡我突然領悟了，我心目中的歐洲之冬原來是雪中的俄羅斯，那是一幅永恆的單色板畫，一棟木筋莊園兀自立在荒原，厚厚的白雪積上牆身，那房子可能打從彼得大帝時代就立在那裡了。門前有幾道車轍，但沒腳印。雪靜靜地下著、下著，人心卻軟和得很，因為雪能隔離，但也能穿越。

（原刊於〈自由時報副刊〉）

假如冬天像個冬天

這個冬天過得興味索然，聖誕與新年都過去了，天氣依然一色的溫和，大自然還沒奏起大寒凍與大雪封那種化育萬物的冬之壯行曲，氣溫始終徘徊在攝氏十度上下，溫溫吞吞不冷不熱，頂上鎮日是打著灰色補丁的黑色的天，教人為之悒結氣悶，於是我又追懷起去年那個曾經降到零下八度的隆冬了。

零下八度！這溫度雖然還造不出愛斯基摩人的冰屋和雪爬犁，可卻使我們樹林裡的大池塘整個化成一塊磐石般的大冰塊。我穿上羊皮大襖戴上羊毛手套，帶著兩個男孩在結冰的池面上鑿冰覓魚蹤，四周人聲鳥聲俱絕，遠處樹林蕭疏有如身在荒原，偶爾一聲脆響，我彷彿聽到從托爾斯泰小說紙頁上傳來的俄羅斯大地被凍裂的聲響。

大多數歐洲人喜愛春秋兩個季節，因為生活的美與悅樂都有亮藍的天為背景。春天饒富官能之美，要人貼身接觸與領略，尤其是在楊柳抽芽，山桃吐蕾，百靈鳥振翎覓食的早春時節，太陽照亮河水，曬暖屋頂的青石瓦，真是好一番「一年復始、萬象更新」的榮景。而歐洲的秋色更是一冊教人百讀不厭的奇書，它擺脫了夏的炎熱與薰蒸，成千上萬棵樹一夜之間轉成金黃或赭紅，以響晴的藍天為襯底背景，同一個地方同一個空間，卻因顏色的改變而有了全新的景致。就是到了草木搖落、金風肅殺的晚秋，只要一放晴，天空便清澈見底，翳障全無，真是秋來有信、秋去有蹤的大寫意畫境啊。

然而假如冬天像個冬天，那它就是我最喜愛的季節。一年四季我獨獨鍾愛冬的況味，愛它蕭索寂寞中的餘裕與閒適，這時空氣壓縮得很緊密，病菌為寒冷所撲殺，不再恣意活動，天地清寥壯闊，幽然意遠，男孩子臉上的青春痘褪得快淨，女孩子也不再能夠露出大腿或臍眼了，是個衣冠井然，法相莊嚴的世界。而地面景物則潔淨簡約得近乎日本俳句的三行口語詩，一地炫霜反射著太陽光，與窗玻璃上花色奇異的冰紋交相輝映，看著使人暈眩。只有家家戶戶煙囪飄出的炊煙是動態的，帶著生活中最原始也最樸素的氣味，引導人們向家屋燈火凝聚處走去。

一切光，一切聲到了這時節已為大寒所收攝而沉澱而安靜了。大地抖落一切浮飾，赤裸子然地擔當著一個大宇宙，人被迫收起玩心，於是退避案頭青山亂疊、壁間插架森森的書齋教育自己，進行創作、思考、鑑賞這類最需要大塊時間來從事的性靈養牧工作，因為春夏都太豐腴太興隆，秋又太繽紛多姿，誘使人的感官與心思都對著自然開放，只有冬的內斂與簡約，才能教人除淨火氣長出靈眼。

喜歡冬季，也因為喜歡屈服於自然，喜歡自覺無能無作為，在大寒的威逼下，只有家屋是人的歸宿，人只能緊縮、退避，只能逃向火光煜煜的壁爐，逃向溫暖堪戀的床褥臥榻。這是個飲食奄息的季節，人生戰場上的戰士厭倦了爭奪競逐，退居人間一隅，退回餐桌與床笫，而這桌與床如果安置在恬靜如幽冥的仲冬時節才又更好，因為在酷寒中，人們往往才會有強健的胃納與神聖的酣眠。

（原刊於〈自由時報副刊〉）

拒絕「長高」的歐洲

從巴黎一份僑報上讀到「臺北一〇一世界第一高樓」在積極招商的消息，發現凡事抱著「愛拼才會贏」的臺北，在競建摩天大樓的亞洲新興城市中一馬當先，又一次爭到個「世界第一」，看來臺灣的中國人仍然像大部分第三世界國家的人民一樣，把高樓競起、霓虹徹夜視為現代化的主要標誌。

近年來閱報，經常看到某個亞洲城市計畫興建世界第一摩天大樓的報導，印尼雅加達、中國上海、日本橫濱都發佈過類似的消息，似乎大夥都以「高」為首要追求目標在暗中較勁，希望拔個頭籌，就此在世上揚名立萬。有回大陸《人民日報》報導上海城市建設的近況，用的標題是「上海長高了」，口氣之欣慰自豪，彷彿單單「長高」一項，就代表進步與發展。

與亞洲國家的「崇高」剛剛相反，歐洲大部分國家是堅決抗拒「長高」。歐洲各大城市不見摩天大樓，完全與技術和財富因素無關，而是現實條件與審美堅持的共同結果：當摩天大樓的修築技術在一個世紀前發展成熟時，大部分的歐洲城市已完成建設與佈局，不再有那類「水泥恐龍」插足的餘地，但是就算在重建老城區或擴建新城區時，可以把鋥鋥亮嶄嶄新的摩天大樓納入城市風景線內，也都遭受來自各方的抵制，報上就經常出現某個歐洲城市計畫興建超高現代建築，卻因當地居民極力反對而被迫胎死腹中的消息。

遠的例子有一九七一年爆發的「拯救斯德哥爾摩」行動，該市居民為了阻止市政府鋸樹拆屋以便在市中心興建現代建築，而自發地挺身抗爭，在那個北緯六十度的高寒國家，成千上萬人在冷得牙齒會相互叩擊的春寒時節，在公園搭起帳篷，甚至在樹上掛起吊床，為保衛他們的美麗家園而與全副武裝的警察日夜對峙，最終把水泥恐龍擋在城市西面，使得東面的老城得以保存原貌。近的例子是德國郵政總局計畫在波恩修建一棟摩天辦公大樓，建築執照都已核發下來，才因波恩人群起抗爭而使計畫流產。

巴黎市除了新地標拉德芳斯與十三區中國城的廉租屋公寓樓群外，也不見摩天大樓。拉德芳斯是全套規劃的現代商業區，中國城樓群則是法國政府七十年代建來安置中國海流出來的戰爭難民的大面積住宅群，這兩區之外的巴黎市，平均高度只有二十公尺，新建的現代大樓也以四十公尺以下為限，這也是歐洲許多歷史名城的高度。

摩天大樓是道地的美國產物，這個在短短兩百多年內由零開始拔地而起的年輕國家，一切建設在實用層面之外總多些炫技成分，樓蓋得越高就越能體現技術與財富的無所不能，末了就成了「為高而高」了，其實這個地廣人稀的國家大可不必往藍天爭取生存空間。美國人也領悟了摩天大樓的違反自然人性，上個世紀八十年代之後就少有興建的案例，有人甚至將之稱為「高聳的地獄」(towering inferno)，一些形象清新的企業也紛紛放棄鬧市的玻璃幃幕辦公大廈，把總部遷往城郊帶迴廊與綠茵草坪的低矮建築。

倒是亞洲國家的摩天大樓熱越燃越熾，這種崇拜「美國式現代化」的現象，看來還會延燒下去。

(原刊於〈自由時報副刊〉)

霓虹燈幻術

我手上正讀著的一本叫 *Bad Taste* 的書，把拉斯維加斯的霓虹燈海與桃莉芭頓的大胸脯，和西方人用來點綴花園的彩繪陶瓷小人等種種華麗淺薄的東西並列為「壞品味」的表現。對此我是不盡然同意的。我不欣賞彩繪小人與那位鄉村歌后大得離奇的第一圍，可我卻覺得那座由幾個異想天開的投機客在沙漠中憑空變出來的銷金窟的存在，大大豐富了我們這個世界的風貌，有了它，我才能充分體會「當一城之人都向霓虹神祇跪拜的時刻到來」，這流行歌詞中的詩意；有了它，我也才有機會形象地溫習中國宋代汴京上元燈節時，「燭龍銜耀，黼藻太平春」的盛世景況，因為我長居的巴黎，是座沒有霓虹燈的城市。

巴黎有「光明之城」的美稱，這指的只可能是啟蒙人文思想的精神靈光，因為我所知道的許多國際大都會，在入夜後的人工照明方面都比巴黎來得大手筆。在巴黎，除了餐館與娛樂場所外，所有的商鋪都遵循晚上七點打烊的規定，一入夜幾乎就成了座空城，再加上沒有霓虹燈在半空閃爍奔騰，花都之夜又更加冷寂了。唯一看得到霓虹燈的地方就只有蒙馬特高地下「紅磨坊」夜總會附近的色情專業街，這在歐洲已成了一種不成文法，只有紅燈區才高懸霓虹艷幟以廣招徠。

我們跟大部分第三世界國家的人民一樣，一直把高樓競起、霓虹徹夜視為現代化大都會的主要標誌，臺灣的大大小小城市呈現出來的也不外是這番風貌。這些城市入夜後的一片霓虹燈海，顛倒了日夜循環的自然法規，與其說它照亮了什麼，不如說它遮掩了什麼。它抹去了各式建築醜惡硬厲的線條和傖俗破敗的顏色，為整座城市敷上一層迷離流麗的夢幻色調，使得這些既沒歷史遺跡也沒美學依據的城市「愈夜愈美麗」。我完全無法想像一個沒有霓虹燈海的夜臺北、夜臺中與夜高雄會是什麼景象。

印象最深刻的是，西門町老街的霓虹燈幻術。白日的西門町逼仄污穢，毫無可以盤桓之處，狹窄的巷弄、低矮破敗的市廛，鱗次櫛比的鋪面與人家，擁擠得教人喘不過氣來，攤販幢幢來往，巷弄深處不時走出一個背心短褲衩的壯年漢子，走幾步噴一口菸霧或向牆腳啐一口檳榔汁；或者走來的是個穿睡衣趿拖鞋的半老婦人，一臉斑剝的隔夜殘妝，迷迷瞪瞪地上街買回幾塑膠袋豆漿油條當全家人的早餐。入夜後的西門町卻大大不同，教人不忍卒睹的生活原生態隱退在夜幕之後，每一條街都是霓虹的長陣渲染出來的夢境的甬道——我這是要去趕晚場電影，可還沒買票入場，就覺得已置身電影裡那個由光與影交疊構築出來的太虛幻境，身在擾擾攘攘的人之海裡，卻離現實很遠很遠。

霓虹燈海與摩天大樓都是美國現代化過程中的自然產物，亞洲城市入夜後的一片霓虹燈海，大約也是一種「美國認同」的結果。看來也只有高插入雲的鋼筋水泥叢林，才能與五彩迷離的霓虹燈海和諧地搭配，共同構築出一個瞬息悲歡、倏忽成敗的大都會的斑斕夜景。

（原刊於〈自由時報副刊〉）

星期天農夫

市政府發行的社區週報上，有公地無償放租給市民經營菜圃的消息，其中一塊屬於國有鐵路局的畸零地，離我們家也就百來步距離而已，放租條件很簡單，必須保證在承租期限內充分耕作，不得任土地荒蕪。我核計著自己在時間與體能上無法負荷這個差事，沒敢去問津，可心中總也忘不了那塊待耕的土地。

近兩三年來我陸續有些農稼經驗，因為擁有獨門獨院的家，家屋周圍有塊可供施展身手的地，除了四季花草之外，也經常四處收集些菜籽或菜苗做試驗性栽植，先後種過蒜、蔥、蕃茄、黃瓜、四季豆，倒也都有收穫。發現園藝與農稼跟養小孩一樣，也就是「愛」這個一字訣，怕它冷怕它熱，怕它渴怕它餓，怕它病怕它死，晨昏記罣用心之下，哪有種不好的道理？

我永遠不可能到健身房去揮汗跑步或在教練的號令之下跳有氧舞蹈，只肯把汗水注入土地裡，讓它轉化成鮮花和果實，所以註定要成為一個園藝迷。又因為有個四體不勤、五穀不分的懶丈夫，土地上的活兒全都得自己一手抓，拿養草坪一事來說罷，由整地、翻土、培土、撒種、施肥到養成後的割草工作，都由自己承擔，長此下來，倒也練得十八般武藝，經常幻想著哪一天買塊地僱個幫手專做苗圃的營生，猜想這是個最有利於身心平衡的行業。

從花草上頭得到的報償也不少。在土地上，季節的變化似乎比日曆上記載的更精確，讓人時時有「四時行焉，百物生焉，天何言哉」的智者之悟。它教人要謙遜，要有耐心，教人要懂得守候與等待，而它給予我們的回報總是及時又牢靠，往往還有付出少回收多的驚喜，拿今年春天我種的球莖花來說罷，一袋百多粒各種花種價格還不及一張電影票貴，我隨手種在園中每個空隙上，種過就把這事給忘了，可接下來這個春天及夏天，只見報春、鬱金香、風信子、紫鳶、水仙陸續開放在園中每個角落，一個園藝老手告訴我，秋天過後剪去這些球莖花的枝枝葉葉，來年春天原地就會再冒出同樣的花來，可說是栽一次收穫一輩子，人間何處再找這種一本萬利的生意呀？

也慢慢體驗了只有與土地的對面之親，才能真正化除心靈深處虛無與懷疑的苦痛的冰核子，哪怕那苦痛是抽象的、普泛的，因為我們的人生往往並不是怎麼栽就能怎麼收穫，倒是經常懷不遇之才、抱難酬之志、遇不淑之人，像聖書所謂的「種玫瑰而得蒺藜」，只有在土地上的勞作才能保證種瓜得瓜、種豆得豆，並透過細察一個個生命那點滴無痕的造化，為心靈注滿發現與會心的喜悅。

所以歐洲流行以農稼來治療精神官能障礙，給患者一粒種子，讓他把它變成一棵樹或一株花，讓他體驗勞動創造的真實意義及它帶來的喜悅。而把暫時閒置的公地放租給城居人，讓習慣只動腦不動手的現代人嚐嚐當「星期天農夫」的滋味，用意也十分近似，因為只有土地的忠誠與寬厚，才能真正安頓一個無根的心靈。

（原刊於《自由時報副刊》）

容許的社會

我的小姑從北京到巴黎進修，在法國住了半年以後，對這個社會有了個叫她自己也大感意外的發現——這裡的人循規蹈矩，凡事井井有條，從沒見人在叉腰罵街、撩袖子幹架，也從沒見人在裸奔、換妻，至於警匪巷戰、囚犯越獄、暴徒屠城、變態狂摧花那類惡性刑事案件也少之又少，人人各就各位，各適其職，整個社會安靜從容，與她從報刊與電影中獲得的那個縱慾任性、禮崩樂壞的西方社會的形象大相扞格。

許多人與她有同樣的誤解。誤導人們的是向來捨正相與共相而就殊相與偏相的西方影視作品，和對「人咬狗」極端事件有偏嗜的大眾傳播媒介。除非有機會長期置身其中貼近觀察，是很難擺脫成見與俗見的。

像其他西方國家一樣，法國也是個把社會公德乃至文明架構築基在「法由己出」的個人自由意志上的國度，在這裡人們的行為舉止更自由、更隨意、更不拘形式，人的本能與衝動也更少受到約制，性解放、同性戀、奇裝癖、易裝癖都被包容被接受，更容許個人在終極關懷、人生價值、生活趣味方方面面自由表述，人人各張其說，真理與謬見並存，只要不侵犯他人，個人殊異性的標舉再也不會冒犯社會群體，這種變化叫做「非形式化」(informalization)，而一個對種種非形式化觀念與行為採取寬容態度的社會，就是個「容許的社會」(permissive society)。它建立在這麼一個觀念之上，「自由的界限是不妨礙他人的自由」，如果沒有這個前提，社會就會淪為一座弱肉強食的叢林，人們就會搖身變成直立的走獸，而他人就會像沙特說的那樣，成為我們的地獄。

時下的自由開放，是對往昔專制束縛的一種糾正。歐洲在中世紀之後便進入一個章法嚴明的禮教社會，教義、習俗、輿論窒礙著人性的伸展，隨後法律與體制又築成新的社會壁壘，使得人人在神權與君權的雙重壓制之下，「非先王之法言不敢言」，使人喪失了個性與自由意志，淪為平庸僵固的體制之奴，難怪盧梭要在《愛彌兒》一書中，一歎再歎「**文明人在奴隸狀態中生，在奴隸狀態中活，在奴隸狀態中死**」了。

所幸一代又一代進步思想家看透了這種人與社會的痛苦關係，知道法律與道德制裁只能是一種對社會秩序衰敗的匡正，知道法律不應該管轄道德領域與審美層次的事，相信成年人有自己做出道德選擇的能力，如果把發生在有道德判斷及選擇能力的成年人當中的自願行為的權力，交給國家和警察，無疑地會使每個人自由生活的空間縮小。這當兒，所謂的「道德大多數」(the moral majority) 的宰制力量也受到警戒與抵制，人們發現道德的義憤最能蠱惑人心，使事情向著非理性的方向發展，而非理性一向是人性中最具破壞性的力量，正如佛洛姆所言：「大概沒有比道德的義憤包含更多破壞性情感的了，它竟允許嫉妒或憤恨在道德的偽裝下大行其道。」人一旦開始強調自己的道德優勢，就不會僅僅滿足於在言辭上壓倒對方，而會難以抑制採取行動的慾望，比如把蓄長髮的男子關入監獄，把露大腿的女人誣為妓女，並時時想到情敵或政敵的宅第去安裝針孔攝影機，以便夥同整個社會去捉他們的姦。

是的，一個開明進步的社會，永遠不會混淆了道德義務和政治法律義務，並把道德譴責升級為法律處罰，也從不拿完人當標準，拿凡人去和完人比較，進而對凡人進行懲罰與改造。社會不會讓自己擁有這種「比較與改造」人群的權力，它對任何涉及好與壞的主觀判斷的事情保持中立，並且提供必要的手段，使人們得以擺脫企圖包辦一切——

包括所有人的髮型、擇偶標準到幸福定義在內，而不管別人是否願意——的思想與言論箝制。

（原刊於《自由時報副刊》）

慎獨

我在「家樂福」大超市陳列五金什物的貨架間發現了幾十個「歐萊雅」冷霜的包裝紙盒，一顆心卜卜地跳，因為我目擊的是個最刺目的犯罪證據，想起不久前在報紙上看到的一篇報導，說東歐的某些犯罪集團如何用大客車載運成車的宵小到巴黎來，放他們到各大商場與超市竊取貴重物品，入夜後再集合人貨，穿越國境滿載而歸。採用的偷竊手段就是剝去印有價格條碼的包裝紙，因為剝去價格條碼後經過電子監視門時就無法引發警訊，宵小們就可以把偷來的商品裝在皮包或背包大搖大擺走出去了。

我推著購物車繼續我一週一次的大採購，可心裡老惦記著剛剛目擊的那一幕，心想法國這樣的國家，是為君子而不是宵小而造的，在這個過分相信行為主體的道德自律，而不以人為的手段對種種不法行為加以防範與制止的社會，自然給形形色色的夤緣苟且之徒留下橫行肆虐的裂隙，難免要面對「栽下菩提樹，開出罌粟花」的局面。

十幾年前剛到法國時，我吃驚地發現自己住到了個君子國，經常像莎劇「暴風雨」裡那個隨父王漂流荒島的茉蘭達那樣，在面對陌生的人與事時發出「這真是美麗新世界」的概歎！當我發現行馳在城與城之間的客運車只設司機不設售票員與稽查員，乘客搭車買不買票全憑良知時，曾大吃一驚，不敢相信這套體制竟行得通。小城的電影院通常也只有售票員一人把關，買了票自動入場，裡頭放映不同電影的幾個廳相連在一起，人們大可看完一場再闖進另一廳接著看另外一場，可是根據我的觀察，似乎從來沒有人買一張票看兩場電影。超級市場不設巡警與電子監視系統，蔬菜與水果由顧客自己秤重量，人們大可在過秤之後再往塑膠袋裡加斤兩，然而似乎也從來沒有人鑽這種縫隙。

這種對人的尊重與信任，不是從天空掉下來的，也不是幾個社會改革家唱高調唱出來的，而是歐洲人文思想幾千年修鍊的終成正果，是人們通過閱讀、觀察、多向交流而自然接受的行為法則，也是一種社會契約的產物，人們就帶著這套修養自律地走進社會，走進公共世界。這裡頭的指導思想是「透過尊重一個人把他變成一個可尊重的人」，一個人先是學習自重與尊重別人，長此以往就成了一種習慣，代代沿襲下去就成了內化於人人骨血之中的種族習性了，這是建設社會公德與文明架構的真正基礎，也是「法由己出」的先決條件。

這也就是儒家心目中人類道德原則的最高境界「慎獨」，當一個人切斷了所有外在的監督，唯一能制約他行為的就只有自我約束了，人能慎獨的結果，就會造就一個「謀閉而不興、盜竊亂賊而不作、故外戶而不閉」的大同世界，這是多麼美好的世道呀！我所認識的法國，常常呈現出這種理想社會的風貌，也因此，當我面對那幾十個被藏匿於暗角的歐萊雅冷霜的空紙盒時，一顆心要卜卜地跳，滿腦子末世之感，我多麼害怕我寓居的這個「美麗新世界」要被外來的濁流所污染。

（原刊於〈自由時報副刊〉）

排隊

去美術館看高更紀念畫展，在巴黎心臟地帶加入這一條一生見過的最長的人龍，約略合計起碼也在千人以上，真是神龍見首不見尾，只得沿著龍首往下走，走過了三條街才找到龍尾，見四面八方來人正一截截拉長龍身，趕忙飛奔入列，一回頭，在我身後又已是一條長尾了。

這條長一公里多的人龍可沒有把我嚇著，我是有備而來，背包裡那本看到一半的偵探小說正好趁現在把它了結。事實上，我是到哪裡都隨身帶本書，因為在法國做什麼事都得先排隊，上郵局、銀行、麵包店、肉鋪、醫院、藥房、電影院、博物館、美術館不消說都得排隊，就是到餐館吃飯，也得排隊等待領檯員領你入座。一群人得排隊，三兩個人也得排隊，隊伍經常由室內延伸到室外，不管外頭是赤日炎炎還是風雨交作，法國人一排起隊來總是一心一德、貫徹始終。十五年來我排呀排、等呀等，已經由一個急驚風被慢慢磨成慢郎中了。

法國人排隊的耐性是自小養成的，到最後甚至走在馬路上也默默遵守靠右「魚貫而行」的規矩。前幾天我去游泳池，有個傢伙不知何故三轉兩轉就堵在我前面，我迴避了一陣就失去了耐性，爬出泳池找救生員告狀去，救生員站在池畔觀察了幾分鐘後，告訴我那傢伙沒有錯，他遵循的也是靠右魚貫而游的規矩，所以在水道中一個來回就形成一個迴紋針形的路線，倒是我來和去都維持同一直線，才真正妨礙了水面的交通。

法國人領取票券或贈品也得排隊，為了防止有人重複排隊超額領取贈品，就發展出種種防止作弊的方法，比如我的孩子參加麥當勞辦的免費園遊會，規定每個排隊的孩子只能領取四張入場券，孩子領到票券時，發票員就在他的小手腕上蓋個印戳，開場時，就由手腕上蓋有印戳的小孩持票領著其他三個小朋友入場。

學貫中西的錢鍾書先生認為排隊的觀念是純粹的舶來品，應該列為民主社會的國民基本訓練，這話說得不差，記憶中在臺北排隊買電影票或上國光號，一條人龍總是七歪八突，有時甚至分裂成兩三條，這時就有害群之馬乘機插隊，要是有不平之人口出惡言，偶爾還會演成推擠扭打的武鬥場面。都說中國人是個逃難的民族，既然爭的是生存機會，哪顧得上秩序與禮讓呢？於是就產生了這樣的笑話，說有做父母的送子女到國外留學，在機場候機室殷殷叮嚀，叮嚀到一半突然大喝一聲：「快上飛機搶個好位子！」

骨子裡我也是個難民，文明人物的教養只是理性思考下的行為表現，一旦面臨生存資源的爭奪時，立即原形畢現。幾年前我們的市政府組織一次古蹟一日遊，自願參加的市民在市府廣場等大客車來接運，那回沒有人排隊，我正納罕之際，見車子來了，本能地飛奔而去，待車門一開便第一個跳上去，結果發現司機正手持名單按照報名的先後為大夥排座次哩。我一路為自己的失態而羞愧，心想，鐵達尼號沉沒之際，那一船好教養的歐洲人面臨生死大關都還能講究 Fair Play（君子風度），我為區區兩小時舟車的舒適就讓自己還原成為叢林裡的獸，這還不該羞愧嗎？

（原刊於〈自由時報副刊〉）

進化的倒車

我陪一位臺北來的朋友逛巴黎老佛爺百貨公司時，見到一張十分熟悉的臉孔，原以為是某個舊識，正待上前招呼，才想起那是摩納哥的小公主史蒂芬妮。她穿尋常的T恤搭牛仔褲，身畔兩個孩子裝扮也同樣清簡。因為報紙雜誌經常報導她，怪不得看來那麼眼熟。也許是百貨公司裡那個照面，一個多小時後在附近街頭又迎面相遇時，她便主動友善地對我們點頭微笑。

朋友不太相信這是一位名聞全球的歐洲公主的作派，聽說這位公主的月俸是七萬歐元，約等於法國工薪階級平均月薪的三十倍時，更覺不可思議，在她看來，如此一位高高在上的權貴人物本該僕從如雲，何苦大熱天自己帶著孩子搭地鐵大採購呢？

由此事我又想起一位中國朋友描述的時下中國新貴們的奢華排場及作派，提到一種讓人扮皇帝吃御膳的豪華餐廳，進門是著清宮服裝的侍者列隊對來客行五體投地的磕頭大禮，進餐過程始終受到帝王般的服侍，稍有不稱心處，也可以煞有介事地喊人把某個侍者「推出去斬了」。在那個經濟高速成長，人的教養卻沒能同步進化的古老國度，有不少人在短期內暴得巨富，儼然成了新貴族或土皇帝，跟封建時代的歐洲貴族相比，氣燄更盛、姿態也更高哩。

歐洲人早已習慣了自己開車上班的國王或女王，和自己準備三明治到辦公室充當午餐的總統或總理，不以為這些掌理國家大政的人就該有什麼特權。政治家的平民舉動，或者有作秀拉票的嫌疑，可平民行列中的富豪們也很少擺闊搞排場，拿被毛澤東稱為「資本主義的罪惡象徵」的高爾夫球場來說吧，這項被第三世界人民視為「貴族運動」的設施，在歐洲並不是有錢人的專利，公共高爾夫球場人人上得起，會員制的私人球場門檻也不高，公司行號常以會員證贈與員工。球場不備球僮，由打球的人自己拉球車，拉不動球車的人可以租電動球車代勞，不像富裕的亞洲新貴，把打高爾夫球當成身分的象徵，背後不跟上一群球僮，彷彿就不夠氣派。

高官與富豪就跟普通人一樣開車送小孩上學，上超級市場大採購，工餘也撩起袖子補屋頂或修花圃。雇用全天候佣僕的人家絕無僅有，大部分人家請的是鐘點保姆或清潔工，雇主與受雇之間沒有主從關係，充其量只是體現不同工種的人各司其職的「分工」觀念而已。

說來平民化並不是歐洲上層社會的傳統作風，而是隨著思想的開化一步步演化出來的。進入民主時代之前的歐洲，一直是個階級嚴明的主權社會，封建貴族與帝王對他們領土上的百姓操有生殺大權，及至進入海外擴張的殖民時代，更在全世界推行奴隸制度，致使人分兩極、階級對立，導致被剝削被壓制的廣大底層民眾的反彈，造成大規模流血革命。還得經過多番暴力改革與兩次世界大戰，才能徹底瓦解舊有的社會結構，滌淨封建餘毒。

沒想到歐洲舊時代王孫貴族的舊化作風，竟在新興的亞洲工業國家借屍還魂，又一列進化的倒車。

（原刊於〈自由時報副刊〉）

巴黎值不值得遊

有位臺灣女作家到巴黎晃了一圈，回去寫了一篇文章向國人報告她的大發現：「巴黎又老又舊，根本不值得一遊。」大有叫出「國王沒有穿衣服」的真相的震撼力，總之，那篇文章被發表又被轉載，連我這個住在巴黎的臺灣人都在不同的刊物上讀了兩遍。

巴黎到底值不值得看，也可以是一件「見仁見智」的事，因為這牽涉到個人主觀的認知與感受，我們不能要求人人都像大科學家法布耳那樣，可以「像哲學家一般地想，美術家一般地看，文學家一般地感受和抒寫」。在一個貧乏不文的心靈裡，這個世界也就跟著變得貧乏不文，因為處處空白與殘缺的知識視野，必然存在著嚴重的盲區。會叫他感興趣的，可能只是擁有國際知名度的那一部分巴黎，除此之外，對這座文化之都的其他東西一概不感興趣，他進入的法國，要比他自己想像的淺得多。

還有那種十二天可以遊上十個歐洲國家的廉價旅行團，每天花八、九個小時坐在觀光巴士上做穿越國境的飛馳，路上不是睡大覺就是看電視，只剩三四個小時參觀遊覽，總是蜻蜓點水一掠而過，在導遊的領導下亦步亦趨，人看亦看，不曾有時間上當地的飯館吃一頓真正的當地菜，不曾有機會與當地人交換一個微笑或兩句寒暄……匆匆趕路趕到昏頭轉向，把城與城、國與國都混淆了，只能憑行程表上的日期判斷自己身在何處。

我不知道我們那位「發現」巴黎不值一遊的女作家是用什麼方式遊巴黎的，但可以肯定的是，不管她參加的是什麼旅遊團，看到的都不會是真正的巴黎，真正的巴黎存在於落戶者的家常日子裡，全球通的觀光業早已把巴黎重塑了一遍，以符合一般俗眾的想像與期待。商人是不能對世界持批判態度的，他只能對消費大眾，哪怕是最無知淺薄的一面，都持一種讚賞與迎合的態度。

我猜想一個對文學、藝術、古典建築、經典知識之傳承不感興趣的人，在巴黎可能會悶得發慌，巴黎在他眼中也不過是一座又老又舊、死氣沉沉的城市而已，因為巴黎物價高，時裝與各類配件的設計與東方人的趣味不盡相同；法國食物也不如咱們的中華料理那麼花樣繁多、物美價廉；城市的布局又是如此空曠疏冷，逛起來特別費腳力，一入夜除了夜總會與各色餐廳外，所有的商鋪都打烊，是一座沒有夜市與霓虹的空城，在在與他那種新就是美、大就是美的審美觀相抵捂相扞格，不如香港熱鬧、不如東京亮麗、不如雪梨現代、不如紐約氣派，更不如臺北吃喝玩樂的門道多。

巴黎值不值得遊，端看你要的是什麼。

（原刊於〈自由時報副刊〉）

人造節

聖誕連著新年這個西方的年度大節，各個商業中心人潮如湧，充斥市井街巷的是一派俗市的喧囂，婦女趁著節日的愉悅心情盡情採購，孩子們則乘機對大人予取予求。最忙的是商人，他們是節日的總策畫與總導演，忙於節日市場的擴張與節日商品的推銷。商業的滲透力是無窮的，硬是把一個宗教節日變成俗世的狂歡節。

歐洲是聖誕節的發源地，也是基督教的大本營，百分之九十的人口信奉基督教或天主教，為了紀念耶穌出生，信徒們創立了「聖誕節」，為了紀念耶穌殉難，又創立了「受難節」，這兩個節日都不是教人用來享樂與狂歡的，但是時至今日，在這塊最具宗教感的土地上，聖誕節也漸漸剝離了宗教色彩，除了教堂內還維持著固有的節日儀禮外，幾乎感受不了任何屬於這個節的神聖意味了。

神的消亡與退位，正好由各路商人來替補，對他們來說，聖誕節不過是一個促銷商品的大好日子罷了，他們利用人們逢臨節慶時變得鬆弛少戒備的精神狀態，進行商品的傾銷，就連聖節符徵也成為噱頭與賣點，商店的櫥窗裡除了聖誕樹與聖誕花環外，竟也出現了穿花內褲搖呼拉圈的聖誕老人！這種經濟高熱卻灼乾了它的原始意義，人們的注意力擺在物質與官能享樂上，便再無餘裕投向心靈的省思，人們歡欣鼓舞地走向一個個節日，然而它已不再是民間習俗與信仰的一部分，而是商業強制的結果，已經不再是傳統，而是時髦。

除了傳統節日之外，我們的生活中又憑空多出很多人造節來，這又是商賈們為了活絡市場而巧心安排的「人為的強加」，也是劉姥姥評說的那類「虛熱鬧」。造節的手法並不複雜，不外是東挪西借一個名目，比如父親節、母親節、兒童節、情人節、復活節、萬聖節等等，先是大量製作傳單與商品目錄，對消費大眾來個視聽淹沒，隨之就是商家們有志一同提前幾天把整個鬧區的商鋪做主題式布置，再雇些臨時工穿上與節慶色調合拍的服裝在大街通衢上發糖果及五彩氣球製造喜鬧氣氛也就成了。

造節造出了商機與利潤，也造出了心得與興趣，商人們嘗到了甜頭，也就越喜歡在這上頭作文章，除了從盎格魯撒克遜民族借來萬聖節與感恩節，還往遠處打腦筋，又從中國借來農曆春節，從俄羅斯借來慶祝太陽神雅利拉戰勝了嚴寒和黑夜迎接春耕與勞動的「送冬節」。有一家叫Auchan的連鎖超級市場，每年中國春節都推出中國食品與民藝品大展，大賣青花陶瓷、壽字棉襖、泡麵、黑木耳、醬油、冬粉，擺設現場製作並出售的小吃攤檔，找個黃皮黑髮的半老歐巴桑當爐，素手調製越式炸春捲與炸蝦球。到了俄羅斯人的「送冬節」時，又在超市的中庭綑紮並焚燒象徵酷寒的麥稈玩偶，讓穿俄羅斯傳統服裝駕三套馬車的職業演員對來來往往的顧客派發烙餅。

這種由商人憑空炒作出來的人造節，缺乏自然的底蘊，可以劃歸為「偽民俗」或「劣民俗」一類，目的只為鼓勵人們消費，要把所有人的閒暇與餘錢一網打盡而已。然而心浮氣躁的現代人早已失去了辨真偽判高低的能力了，只能接受更花俏、更具娛樂性與更速食化的東西，因為就某種角度而言，尤其是性靈養牧這個層面，人類總體都處於倒退狀態，就跟三歲小兒一樣容易滿足也一樣喜新厭舊。

人們在節日前相遇，會互祝節日快樂，彷彿節日的功能僅在於使人快樂，殊不知這只是節日在眼下這個消費時代的異變，並非節日的最初意義，創立節日的初衷是為了提醒，所以它總是帶著很濃厚的倫理道德色彩，比如聖誕節這一天，教徒們就該把他們的耳目之娛與感官悅樂暫置一旁，細細思量種種人間的不平與苦難。

（原刊於〈自由時報副刊〉）

消費時代的唐吉訶德

我們這節地鐵車廂上來一個人，他手舉寫著「反商業廣告」的標語牌，在過道上站定，便揚著聲音開始即席演講。我曾在雜誌上讀過一篇關於他的報導，對他的行止十分心儀，所以一眼就認出這位心目中的英雄。現在他對著一車廂烏合之眾滔滔宣告，嫻熟的廣告術如何誘導人們陷入物慾的泥沼，逼使人終日栖栖遑遑於物質的迎送，在慾望的羅網裡苦苦掙扎，終至心為形役的荒謬苦境。演講既畢，有人鼓掌喝采有人無動於衷，他則逐一分發廣告傳單，直至車廂裡人手一份才離去。

也只有目睹一個消費社會中物慾的暴虐，才能真正體會這個人的不同凡俗，報導中提到，這位「消費時代的唐吉訶德」住處除了幾盞燈之外再無其他電器用品，半生從不曾擁有車子，長年以單車代步，三條帆布長褲四件襯衫兩件毛衣再加一件外套便是他的四季衣裳，而且不吃加工食品，身體力行著一種最自然粗樸的生活，唯一的經濟來源是幾本不怎麼暢銷的著作的版稅，因為他有意避開任何固定的職業，「以免淪為一部謀生機器」。

這真是一片天籟，因為不管是在臺北、東京、紐約、巴黎或約翰尼斯堡，對大部人來說，掙錢與花錢已成了人生的全部內容了，人人奮不顧身地掙，忘乎所以地花，信用卡與分期付款的普及，已經使得借錢來花成為一種民間習俗了。而以利潤和擴張為第一原則的商業體系，又透過種種廣告手段來開拓並引導人們的消費慾望，使得往昔的奢華成為今日的必需，從滿足生存需要的自然消費，很快升級為滿足虛榮的炫耀性消費。商業的魔爪從來沒有善罷甘休的時候，它不斷為了擴大生產與營銷而對大眾進行宣傳刺激，卻不對人心動蕩與浪費成風負責。

「百億歐元製垃圾！」傳單上的標題令人觸目驚心，可卻有著堅實的數字做支持——根據歐盟甫完成的一項統計顯示，歐盟國家的居民以家庭為單位每個月平均接到五十五公斤左右的傳單，郵遞廣告及精美的商品目錄，這些商品的促銷媒介印刷精美，製作考究，光是印製及散發費用，就是一筆每年接近百億歐元的大買賣，然而它們最終的歸宿就是大大小小的垃圾筒。

我每天開信箱總是開出一大摞這類精美考究的垃圾，從來看都不看便往垃圾筒扔，有時連該細細挑出的通知單與私人信件也一併棄置而不自知，事後才邊掏垃圾筒邊冒火。想起法國中小學各級學校因為經費不足，教科書是由學校在學期開始時「借」給學生，等學期結束時再收回，以保留給來年升上同一級的孩子時，心中更是憤憤難平，孩子們無法擁有再生紙印製的教科書，而謀暴利的商人們卻用高級雪銅紙印製垃圾，這無疑是社會資源的扭曲利用，商人的利益終究同社會全體的最佳利益相衝突。

樂觀的經濟學派始終堅持，地球的資源可以應付人類的永續生存，但它的大前提是人類的需求雖然有彈性，卻有著自然限度，比如一日三餐就是個例子，然而現代商業廣告術給開拓出來的無限慾求卻動搖了這個基本前提。稍具經濟學知識的人，對凱因斯所謂的那隻「看不見的手」的調節功能都信之不疑，可是隨著生態的失衡，環境的惡化，人們對自利意識開始質疑了，在這些有心人看來，毒藤只能結毒果，一個利己主義的意識形態，必然產生利己主義的行為，商人的利益終究要以全體人類共同承擔的環境成本來兌現。

為了免於這個星球上的資源很快地被耗竭一空，為了給後代子孫保留足夠的生存之資，這些富於社會意識的綠色鬥士才會舉著「反商業廣告」的標語牌，在鬧市做節制物慾的勸喻工作，他們是人類物質進化途中重獲的智慧行囊，如果有一天他們的主張成了人類共成的眾業，我們這個已逐漸剝離了自然原生態的大地，才有希望恢復綠意與生機。

（原刊於〈自由時報副刊〉）

背囊行者

夏日的巴黎，滿街走著三五成群的背囊族，他們泰半是年輕人，皮膚被太陽烤得黑裡泛紅，整個人看起來銅燒鐵鑄似的很提神。他們的背囊是特製的，構造很簡單，在金屬框架上懸掛著一個半人高的大帆布袋，裡頭塞著睡袋、換洗衣物及日用品，帆布袋外頭縫著大大小小的口袋，放置需要隨時取用的零頭物件，地圖呀、錢夾呀、車票呀、情人的小照呀。

我常常站在街邊癡癡地望著這些步履匆匆的背囊行者，羨慕他們擁有的冒險與隨緣的雙重快樂，相信只有隻身走在外光大氣之中，才會對物候的變化頓生切膚之感，相信只有這樣的信步漫遊才能饜足一個真正的旅人的心。想像著在他們眼中，這烈日炎炎的世界恰恰好與他們同齡，闖入他們眼中的景物無不新鮮欲滴，前景正無可限量，不由得要為他們發出孔夫子似的喟歎：「四時行焉，百物生焉，天何言哉？」

他們吃苦耐勞的精神也讓我欣羨不已，因為吃苦耐勞的大前提是健康、強壯、年輕和對人生有著一份吶吶無以表述的期盼。他們通常還在學，經濟方面仍未自立自主，往往帶著平常打工積攢下來的一點小錢就上路了，希冀以最少的錢走最遠的路。他們背囊中的睡袋首先就為他們省去了最昂貴的住宿費——入夜後，在公園、火車站或商店騎樓占個位置便鑽入睡袋排排倒下，在與身畔的夥伴交換日間的見聞或對家鄉與親人的思念之情中跌入酣醉的甜睡。醒來後找個公廁或一個水龍頭做簡單的盥洗後又上路，餓了渴了，小店裡買個三明治外加一瓶礦泉水就打發了一餐。一個地方玩夠了就到下一個地方去，列車開動，哐嗆哐嗆，流光一樣地前行，載著他們在穿過的時候同時進入世界。

這真像是一種成年式啊！隻身出門旅行是最最充滿變數的活動，在社會的大叢林裡凡事都不在他們的控制範圍，他們正走在學校歷史與地理教科書，和旅遊指南上所描述的正規路線之外，處處意外與險情，也處處隨機妙喜與莞爾會心。這教人想起我們踏入成人競奪行列之前要先填「履歷表」的掌故，那個「履」字原指單底的鞋子，由穿鞋引申為踩踏，故而履歷的原義是步行所至，並由此引申為人的經歷。所以應該在年輕時早早扛上背囊出去看世界，用自己的肉身為自己填履歷，因為一旦廁身成人世界，將會日夜忙碌，僅餘的一點時間只夠手握啤酒看電視裡的足球比賽實況轉播。

在巴黎街頭見慣了身上掛著「佳能」相機，肩背「路易威登」高級皮包，吃「銀塔」的皇帝客飯，看「紅磨坊」的大腿舞，在導遊的指引下擠在「蒙娜麗莎的微笑」前，有如拜膜一座神像那樣虔誠的觀光客，覺得這些人年紀輕輕但駿骨已凋，他們對遠方沒有嚮往，對未知沒有占有的慾望，機械的代步又使他們失去了強健的腳力，玩遍天下也只是遊而不歷，這才想起，「觀光」真是二十世紀一項最庸俗的發明。

又一代青年懷著莫名的喜悅與激情負囊遠行，我站在街邊目送他們矯健的身影暗自喟歎：「天行健，君子自強不息。」

（原刊於〈自由時報副刊〉）

出國

我們旅行到法國南方城市蒙彼里埃時，我問同行的朋友接下來想去西班牙還是義大利，她瞪大眼睛望著我，不敢相信我們竟然可以買張火車票就輕鬆地做穿越國境的旅行，對她這個中國人而言，出國意味著辦護照與簽證，那裡頭包含出具無數證明文件、曠日持久的等待、把關的本國公務員之詰難和外國使館簽證官的質詢等等，她從臺北申請到法國來進修，就折騰了半年多時間，親身體驗了孫悟空到西方取經時遭受的九九八十一難。

「出國」對我這個臺灣人，也曾經是難以企及的夢想，戒嚴時期，除了出國洽公賺外匯的生意人可以做商務考察之旅外，全島民眾一直被關押在島上「坐水牢」，我因為有個姊姊遠嫁海外，大學時代就得以用「探親」的名義出過一次國，成了朋友們忻羨的對象。記得那時送行的親友還在機場買了個粉紅色的緞帶花環圈在我脖子，讓我站在行李之間拍照留念，好像我準備前去的是月球或火星。

那時包國良主持的一個大型綜藝節目「歡樂假期」，介紹甫自東南亞國家走埠回來的藝人出場時，喜歡用「讓我們熱烈地歡迎剛從海外載譽歸國的×××」，經他這麼一點醒，我們看到的那個曾放洋鍍金的明星果然氣勢不凡，而通常他們脖子上也會圈著一環粉紅色的緞帶花。

與粉紅緞帶花環同樣能在人叢中點明自己特殊身分的，還有航空公司贈送的裝隨身行李用的旅行袋，那幾乎已成了種叫人膜拜的圖騰物，代表你搭過飛機出過國。這種旅行袋上總是貼滿五顏六色的貼紙，每一張代表你搭過的飛機與輪船、住過的飯店，或被組織參加過的旅遊路線，是有錢也買不到的寶貝，對身分的說明真是不言而喻。最拉風的旅行袋，就數「泛美」航空公司贈送的那只純白色的，因為「泛美」是當時全球最大的航空公司，更因為那是美國的航空公司，擁有「泛美」的旅行袋，表示搭過「泛美」，也表示去過美國，肩上掛著這種旅行袋在鬧市蹓一圈，肯定能讓一條街的人都向你行注目禮。

開放海外觀光是在我投身職場以後的事了，人人如獲大赦，紛紛整裝準備出發，先把香港、日本、東南亞等鄰近的國家玩一圈再說。我一個在貿易公司上班的女朋友竟然標了個會參加一趟「美西二十四日遊」，為此負了整整兩年多的債也不怨不悔。年輕男子另外設限，必須是服完兵役並且年滿二十五歲才得予放行，我認識的一個男孩子為此憤恨不已，他已年滿二十五歲卻沒服兵役，因而被「卡」了。出國旅行一夜之間成了一種民生必需品，彷彿不馬上出發，哪天政權更迭時移勢轉，再來一次鎖國時代，全體島民又會統統被關押起來坐水牢。

中國疆域廣袤，天遠地偏，浩浩的太平洋、無邊的西伯利亞平原、荒無人跡的中亞戈壁、高插入雲的喜馬拉雅山，幾乎隔絕了所有外來文明的通道，雖然接壤的國家有十二個之多，然而那條人為的綿延幾千公里的無形長線，及其之上的無數關與卡，使得中國人一代代固守在自己的土地上過老日子，從來不敢想像像歐洲人那樣，買張火車票或開車子到別的國家吃午餐……而且不必申請護照與簽證！

（原刊於〈自由時報副刊〉）

青春作伴好上路

我帶著到巴黎進修的小姑在法國南方玩了兩星期後，把手上那本二〇〇二年版的《咱們上路吧》(*Let's go*) 送給了她，鼓勵她利用學校的節假日「一書在手，天下去得」，大膽開步往前走，把美麗古雅的歐洲好好玩一遍。

《咱們上路吧》號稱自助旅遊者的「聖經」，教人如何以最少的錢做深度旅遊，它的歐洲指南上最有名的廣告詞是「五美金一天的歐洲之旅」，這價錢眼下連一客麥當勞的套餐都買不起了，可見這本指南是專門為阮囊羞澀卻對叩問陌生的土地與人民滿懷熱情的窮學生而編寫的，裡頭自然不會有星級餐館與旅館的介紹，倒是經常推薦價廉物美的地方小食或溫暖親切的家庭客棧，有時還介紹些採橄欖、摘葡萄那類臨時工的打工機會。

雖然是本指南，行文卻也不乏斐然的文采及叫人會心的典故逸事，比如介紹巴黎時，引的是名句：「好的美國人死了上巴黎」，談及法國人對自己美食傳統的堅持時，這樣開頭：「聽說過伍迪阿倫因為在巴黎一家海鮮餐廳點了一瓶可口可樂而被侍者扔到門外那回事嗎？」

這本由哈佛大學的學生自己勘察路線，自己撰寫、編輯並出版的自助跨洲旅遊的指南，每年招募一百個學生輕裝上路去開拓新的路線，也去更新舊路線的資訊，這些「路探」的旅遊預算壓得不能再低，食衣住行一切以便宜為著眼點，以期每個大學生都可以靠平日打工的一點積蓄就來趟暑假的跨洲之旅。其中最熱門的路線當然是西歐，西歐的鐵路交通系統四通八達，又設有青年優待票，只要願意錯開尖峰時段上路，票價可以一跌幾折。大的火車站還有沐浴設備，方便搭夜車的旅客下車時洗去一路風塵。

這套年年更新版本的旅遊指南在六十年代推出之後，立即成了同類書籍中的緊俏貨，發展到現在已有七種文字的版本，使得「出發看世界」成為一代又一代青年的大學必修學分，從而發展出種種屬於年輕人的旅遊次文化，他們的玩法與經濟條件寬裕的成年人自是大大不同：永遠只買最便宜時段的車票，有機會也搭搭便車，甚至在當地買上一輛二手腳踏車輕騎上路；住青年旅店的大通鋪，或乾脆在火車站大廳或公共建築的騎樓裡打地鋪；一路上結識來自世界各地的與他們一樣「在路上」的朋友，談得投緣就結伴上路，往往因為新朋友的加入而改變了既定的路線。他們與偶然迎面相遇，與未來擦肩而過，只有庸常的生活離他們一萬八千里。

我這輩子最大的遺憾之一，就是錯失了帶著一本 *Let's go* 滿世界漫遊的青春期。唸大學時，愛玩如我者最大的壯舉也不過是一趟披星戴月徹夜不眠的「溪阿縱走」而已。等到投入職場時臺灣才開放海外觀光，那時雖然手頭有些餘錢可以揮霍，卻湊不出大塊時間遠遊。終於遠走歐洲準備好好用幾年時間過過「在路上」的日子時，又很快在異國成家失去了自由身。我年年都買新版的《咱們上路吧》，其實是對這個遺憾的心理補償，我是「雖不能至，然心嚮往之」呀。

（原刊於〈自由時報副刊〉）

輯二

女人味之必要

看過「女人香」那部電影嗎？艾爾帕西諾主演的那個盲上校，可以透過嗅覺辨別女性的年齡、身材、美醜、個性、出身背景，女人站近點讓他嗅一嗅，他甚至能猜出對方的名字。

關於這個「聞香識女人」的情節，我相信編劇有些具有題內意的題外話要說。那個盲上校雙眼瞎了，看不到女人的美色，幸虧他用嗅覺把視覺所損失的加倍追討回來了，才能活得那麼陽氣勃勃，在看不見的情形下，照常翩翩起舞和飛車兜風，最後終於贏得美人歸。

異性的體味，近十年來已被醫學界證實是協調男女身心健康不可或缺的一環。生物生理學家紀伯特發現，住女生宿舍或修道院裡的少女，月經初潮通常比其他常與男性接觸的女孩子晚得多，一個有了心上人兒的男孩，他的鬍鬚和全身毛髮都長得比平常快。研究證實，在社交進行的當兒，只要有新的女性進入房間，在場男人的睪丸酮量就會突然增加，當有新的男性進入房間時，在場女性的荷爾蒙也會俄頃暴增。美國喬治城大學「官能失調」研究中心的一項研究顯示，有四分之一嗅覺失調的人跟著失去性慾。

因為長期遠離異性，而造成身心疾病的官方報告屢見不鮮。九十年代初，一組在南極考察的科學家，人人都得到一種藥石罔效的怪病，晚間徹夜難眠，白日卻昏昏欲睡，情緒低落，厭食甚至厭世。有關部門派遣坎培拉大學的醫學教授前去調查，報告很快回來了：性別比例失調，導致「女人味」嚴重匱乏的結果！

美國著名醫學專家哈里勒姆也提供一個例子：在太空飛行任務期間，有百分之七十的太空人會患「航天綜合症」，症狀是頭疼、暈眩、失眠、煩躁、噁心、情緒低落，勒姆教授跟美國太空總署建議，在每次出太空飛行任務時，至少得挑選一名健康美麗的女太空人參與飛行。太空艙裡添了女人香後，果然就沒人再患「航天綜合症」了。

醫學心理專家同樣留意到，在一個只有男人或只有女人的工作環境中，儘管報酬優厚，衛生條件符合要求，工作本身也勞逸適度，然而員工仍然比擁有男女兩性員工的單位更容易倦勤，也更容易發生工傷意外。為了維持該有的工作效率，任何工作單位，異性比例至少要達到百分之二十以上，同時兩性年齡也不可相距太遠。

為什麼「女人味」與「男子氣」會有這麼奇妙的作用呢？

科學家不久前揭開了這個謎底。原來人和動物一樣，會分泌一種外激素，這種從生殖器官周圍和腋窩釋放出來的芬芳氣味，和汗液混合，飄散在空氣中，從而刺激了身處其中的異性，對他（她）機體的內分泌、血壓、心率與神經活動起了調節作用。

根據這些發現，醫學心理專家已著手研究如何採集、裝瓶「女人香」與「男子氣」，以便供諸如單性監獄與軍隊那類不能維持兩性和諧比例的地方使用。暢想開去，這項技術發展成熟時，說不定那些有心上人要出遠門的人們，可以送一瓶自己的體味給對方，讓對方「聞幽香而知雅意」了。

（原刊於〈自由時報副刊〉）

生長痛

六歲大的兒子鬧膝關節疼，帶他去看兒科醫生。醫生說他沒有紅腫及發熱現象，不妨礙正常活動，血沉、血象也很正常，便排除了風濕或類風濕疾病的可能，斷言他得的是兒童「生長痛」。

為什麼會得生長痛？醫生說兩歲到十二歲間的孩子，骨骼生長迅速，周圍的神經、肌腱跟不上它的生長速度，就產生了牽拉痛。

醫生開了些維生素C和E給我們，在孩子疼痛時給他服用，當真痛得太厲害時，還得為他熱敷、按摩，甚或理療。所幸這毛病在過了兒童期後就會自行消失，也不會造成器質性的損傷。

「生長痛」是個新鮮名詞，但卻說明了生命中一種恆久不變的現象，人長猛了就會傷到自己，對骨骼、神經、肌肉是如此，對心靈與頭腦也一樣。

成年人總是一廂情願地認為，童稚時光是無憂無慮、優游自在的，時間的距離使他忘了，當孩童要成為少年，少年要成為青年時，因為跟外頭那個世界缺乏共同語言，使得他們被一種遠離家園、親人與童年的孤寂感深深包圍著，社會對他們總是排拒多過接納，他們思前想後，孤獨淒涼，無處是家，心理學家彪勒稱之為「青春前期」或者是「思春期」。

而在這之前，每個孩童都是循性而動的自由人，他們的語言是歌唱，工作是遊戲，他們心力充沛，生機勃勃，生活在他們眼中是驚詫、是顫慄，他們以狂放不設防的激情投向其中，卻在粗礪的現實中碰得鼻青臉腫、頭破血流，因為生存鬥爭的永恆性，使得做父母與做師長的，不敢讓他們放任自流，必須不斷透過各種威嚇與禁令，把他們一步步按入那個有著既定運轉模式的世界裡。

而這些獸與天使的混合體，在強力的制約下，不免要在這時或那時產生逆反心理，想要以隻拳敲碎框住他手腳的重重玻璃牆，打破成人世界陳舊的表面化了的秩序，高聲發出「我能」與「我在」的呼喊。

所謂的人的成長，在心靈的層次，就是逐步社會化的過程，然而這個過程總是強制性的，它必然意味著個性的喪失與自由的付出，「就我的經歷而言，家庭和社會只有一個目的，那就是抹煞我的個性，我可以暫時忍受這些野蠻的壓制，但是我的心靈卻留下永恆的創傷。」這是作家卡夫卡一九一一年在日記中寫下的一段話，他同時寫道：「我的名字叫卡夫卡，這是希伯萊語，意思是穴鳥。」穴鳥的意象讓我們看到，一代代孩童內在那個卡夫卡，像一隻受驚的小動物，自掘一條蜿蜒的甬道，藏身其中，以躲避碩大無朋的世俗的傷害。

自由開放的童稚心靈，必然與成人秩序化社會的封閉性與保守性相牴觸，成人社會對孩童張揚本性與追求自由的舉動，總是適時加以懲戒。這就是生命的原傷，原傷就是痛，生長痛。

世俗是躲避不開的，人不是穴鳥，連名字叫做卡夫卡的那個孩子也不是。人不能把自己封閉在一個洞穴中，人也不會一朝醒來發現自己變成一條蟲。一開始人就得被扔到社會的胃液中泡著，直到被浸蝕得傷痕累累，面目全非。每個人，社會化了的或社會化不完全的，都是被污辱與被損傷的。這是生命的原傷，是生長痛。

佛洛伊德把問題看得更透徹，他認為人的歷史就是他的壓抑史，就是不斷被剝奪天然的快樂，以適應文明造就的桎梏的歷史。人的生命目的總在於追求純粹的、官能的、自在的滿足，而這個目的註定永遠達不到，因為放任這種追求的後果，將是人類社會秩序的徹底瓦解。人的本能衝動必須由服從快樂原則轉變為服從現實原則。如果說自由意味著個體不受壓抑地獲得完全滿足，那麼文明就是對這種自由的毀滅。「文明」的過程與桎梏，就是人類全體的「生長痛」。

這就是我們給我們自己，給我們孩子的世界。

（原刊於〈自由時報副刊〉）

當羅伯特愛上瑪莉亞

在海明威的《戰地鐘聲》中，西班牙女孩瑪莉亞與美國志願軍羅伯特一見鍾情。他們躺在睡袋中傾談，不一會兒就裸裎相向了。她告訴他，她曾被法西斯分子糟蹋過，他並沒有為此而減損對她的愛，這使她更加愛他、信賴他，決定藉獻身於他而洗去腦中恥辱的記憶。在兩人擁抱時，他感到無限溫柔、喜悅、歡愉，憂慮與疲憊盡除，兩人愛到極點時，「時間猝然停止，地面在顫動，彷彿要從他們身體下面移開去。」

瑪莉亞與羅伯特的愛情是砲聲隆隆的戰爭瓦礫場中的綠洲，它給他們生之歡愉，前進的力量，為大我犧牲小我的勇氣，甚至戰勝了對死亡的恐懼……，後來他的腿被炸斷了，他決定留下來掩護，讓她與其他人一起撤離，她戀戀難去，他卻毅然跟她告別：「妳活著，我們倆就都活著，因為妳就是我們倆。」這大概是文學世界裡最光輝的一個愛情故事，是人類異性愛的一次偉大的飛躍。

這光輝的愛情，在唯物科學家眼中，是有著物質基礎，並且可以在實驗室裡加以破譯的。首先說說所謂的一見鍾情罷。羅伯特和瑪莉亞在成長過程中，不斷把心目中理想對象的各方條件儲存在自己腦中，就像把數據儲存在軟體裡一樣。年齡越大，那個圖像就越清晰具體，在與心上人兒第一次目光接觸時，眼睛捕捉到對方身高、體型、風度、氣質等基本資料，就以時速四百三十二公里的速度由視神經傳遞給大腦。

羅伯特的特徵與瑪莉亞腦中儲存的理想伴侶的條件越是吻合，她腦中發出的信號越是強烈，於是她體內的化學工廠便開足馬力，接下來兩人身上便產生這樣的變化：

——間腦釋出調情激素，它消除疲勞與憂慮，使人精力旺盛，精神處於持續亢奮狀態。

——腦下垂體產生了催情激素，手心出汗，熱流通過全身，呼吸與心跳加速，全身植物神經變得非常敏感，渴望與對方的身體進一步接觸。

——瑪莉亞鼻子裡的某些細胞開始辨識心上人身體特有的「愛情香味」，這是大自然賦予人類保護下一代健康的自衛機制，因為女人會被免疫系統不同的男人所吸引，而來自生理機能不同的父母的孩子，身體免疫功能更健全，打擊疾病的潛力也更大，而體味正是男女雙方確認免疫機能資料的溝通捷徑。

愛情非但有物質基礎，也有實用功能，是一帖看不見的靈丹妙藥。戀愛中人的大腦不斷釋放一種能造成欣慰快感的多肽物質，可以消除大至羅伯特腿被炸斷，小至瑪莉亞排經不順的病痛。兩人因為愛情的滋潤，身體的免疫功能都提高了，所以在野外餐風飲露，飽受蚊蟲攻擊，也不會得到感冒與瘧疾。兩人始終容光煥發，皮膚柔軟細膩，眼睛特別清亮，裡頭兩團灼灼的光，照亮彼此的生命。

這愛火繼續燃燒，到最後，羅伯特甚至連死都不怕了。

（原刊於〈自由時報副刊〉）

人造人

那個時候，「父親」、「母親」成了難以啟齒的骯髒字眼，不再有「己身所從出」的人，也不再有「從己身所出」的人——在孵育中心的流水線上，人工母體孵育器控制著個體的性別、智力、體格等等特徵，一批批品質規格化了的孿生子，為了滿足不同的社會需求，源源不斷地被生產出來。

那是個絕對穩定的社會，不存在人口過剩或勞力不足的問題，全知全能的電腦控制了一切，它「通過計算能力獲致真理」，過與不及的事兒絕無僅有。在孵育中心的輸送帶上，未來的化學工人的胚胎，被訓練忍受氯氣、鉛毒與苛性鹼；未來的宇宙飛行員的胚胎，則必須通過一個不斷高速轉動的機器，接受一項嚴苛的平衡感測試。

這些工廠流水線「克隆」出來的人，依照他們的職能被分類、分等級，有趣的是，這些不同等級與類別的人，都能在自己被指派的角色中安身立命。等級高的領導階層，視蟻螻般單調的重複勞作為瘋狂，而工廠流水線上機械般操作的低級勞工，卻為自己不必去操心會計成本而慶幸。沒有人從事街頭運動，也沒有人會拎著自己的頭顱去搞革命。人類不僅最大程度地控制了自然，也終於馴化了自己，那個為世世代代的生靈千呼萬喚的人間樂園，終於姍姍來臨了。

這是一個知名的科學預言，英國學者作家阿道斯・赫胥黎在六十五年前，透過那部叫做《美麗新世界》的小說為我們所描繪的未來圖景，而現在，就在我坐下來寫這篇文章的當兒，赫胥黎所臆想的「克隆人」與「人造子宮」，正在技術上一步步成為現實，但是這些科技上的成就，帶給人類的將是福音還是夢魘，已成為舉世爭議的焦點話題。

一九九七年二月下旬，英國《泰晤士報》一則有關那隻名叫「桃莉」的複製綿羊的報導，驚動了全世界，將複製羊的問世與原子彈的發明相提並論的科學家不乏其人，其中有人樂觀斷言「克隆技術」的潛在應用價值不可限量，有人則擔憂這種無性生殖單線遺傳的技術，一旦援用到人類身上，將帶來空前的人倫崩解的危機。

什麼是「克隆技術」？"Clone"這個辭，原來指的是不靠交配，只靠營養，由母體分離繁殖出來的植物群，現在已轉義為「人工誘導下的無性生殖技術」，落實到「克隆」哺乳動物上頭，是在顯微鏡下將第一隻動物帶著遺傳基因的胚胎細胞取出後，植入第二隻動物未受精的去核卵細胞中，細胞核在卵細胞質的刺激下進行分化，重組成一個新的胚胎，然後將這個胚胎移植到第三隻動物的子宮內，孕育出一隻遺傳特徵與第一隻動物完全相同的動物，從而實現了動物的複製。

體細胞克隆的實現，看來是生物技術發展的必然結果，緊跟在《泰晤士報》那則驚世駭俗的消息之後，我先後讀到臺灣早已育出「克隆豬」、「克隆兔」的消息，和大陸早在九十年五月，已由西北農業大學培養出世界首批「克隆山羊」的相關報導，歐美科技先進國家這方面的研究，也早已碩果累累，可以說，人類有能力運用體細胞和卵細胞組建克隆胚，進而複製高等動物的時代，早在幾年前就開始了。

這種動物複製技術一旦臻於成熟，至少可以在搶救瀕於絕種的珍稀動物、大量生產良種家禽與家畜、擴大良種動物群體、培養專門供人實驗或摘取移植器官之用的動物等方面，具有不可限量的應用價值。舉個最淺顯的例子，在不久的將來，動物學家便可以選出幾頭漂亮健壯的大熊貓，從牠們身上任何一個部位割取一點兒組織，「拷貝」出一頭又一頭熊貓寶寶來，從此這種珍稀動物便再也沒有滅種之虞了。

於是就有人憂心忡忡地問：動物能「克隆」，人呢？

「桃莉」之「父」，愛丁堡羅斯林研究所的威爾莫特教授對這個問題的回答是肯定的：人體的任何細胞，包括皮膚、毛髮、指甲、肌肉等，均可被複製成相同的胚胎，而一個胚胎，就是一個生命的微縮體，這就是複製人的基礎。事實上，早在幾十年前，有「試管嬰之父」之稱的著名英國婦科專家斯圖爾德，為了滿足人類摘取移植器官的需要，就曾經有過在實驗室裡以無性繁殖方法造出「複製人」的企圖。

假如斯圖爾德醫生的「造人」構想，在當時突破了技術上、道德上、法律上的重重障礙，付諸實現，那麼一個有錢的末期肝癌病人，大可以叫人從自己身上取走一個細胞去組建出一個克隆胚，再租用某個女人的子宮，把那個克隆胚孕育成人，待克隆人長到一兩歲大時，便可以摘取他的肝臟，移植到自己身上去。

這個假設已有人做過，並且加以影像化，拍成一部科幻電影，電影中那個由克隆胚孕育出來的孩子，那個在苦樂的領受上，與他的「母株」有著同樣分量的孩子，無法從容就死，他逃出了那座孕他育他的實驗室，為了徹底擺脫那些緊追不捨要摘取他肝臟的人馬，不得不在某個月黑風高的夜晚，潛到那個肝癌病人——他的「母株」——的病房，用輸送營養液的塑膠管子將之勒死。

曾經有過納粹用科技手段試圖培育出「最優秀種族」慘痛教訓的人類社會，自然對「人造人」的可能性懷著警惕之心。我們實在不難想像，一旦排除了技術上與法律上的障礙，那麼自戀或自大的人便可以複製出無數的「自我」，喪失子女的父母可以複製子女，病危的人可以將生命轉移到一個全新的肉體，失戀的人可以複製一個戀人，獨裁者可以複製出一支絕對服從的奴隸大軍，那時傳統的兩性關係將被搞亂，家庭建制將被打破，社會規範與倫理秩序也將淪喪殆盡。人的徹底物化，就意味著人性靈的徹底喪失。

窮其一生孜孜尋索生之意義的赫胥黎，早就對「人的物化將導致他性靈的徹底喪失」做了預言。在那個「美麗新世界」裡，每個人都很快樂，因為適才適用，所以壓根兒不會有工作壓力，工作之餘，可以享受合成音樂、色香味俱全的感覺電影，和能夠帶來難以言詮的幸福感的藥物「索麻」。這樣的全新人類，自然不需要文學、哲學、歷史與戲劇。他們沒有父母、童年、家鄉，所以自然也不會有鄉愁。他們不再凌空蹈虛，所以從無機會體驗失足與再爬起，錯愕與驚喜。他們無須移山填海、開礦築路、屯田拓邊、征戰殺伐以求生存，所以再也沒有功業昌如夏花春草，盛如錦緞烈火的英雄可以仰望與追隨。

赫胥黎相信，就因為我們生存在一個無規無序，充滿隨機與偶發因素的世界裡，所以才長出了理性與智慧，就因為我們足踏多紛擾、多憂患的大地，我們才會信誓旦旦地要跟天公討個道理。生命是種律動，必須有光有影，有晴有雨，而人生的百般滋味、千種風情，更包含在這些變而不墜的曲折裡。

正當世界各國都為了杜絕人倫危機，而紛紛立法禁止「克隆人」的實驗與培育時，一個由英國與日本的科學家組成的研究小組，正在東京順天堂大學醫學院的實驗室裡試驗一種「人造子宮」。他們把山羊的受精卵放入一口裝滿人造羊水的壓克力妊娠箱內，由機器取代胎盤，用氧氣處理血液，然後將血液經由管子輸送到胎兒的臍帶，以供應胎兒新鮮的養分。妊娠箱中的羊水保持與血液同溫，科學家們可以透過透明的箱面監督胎兒的發育情況。

「美麗新世界」中的「人造子宮」，可以一次孕育由一個卵細胞產生出來的一千五百個以上的孿生子，東京順天堂大學裡那口壓克力妊娠箱，只要放大尺寸，也可以愛「懷」幾個就「懷」幾個。主持這項研究計畫的科學家表示，這個把赫胥黎的臆想變成事實的科學創舉，可以取代出租子宮的「代理孕母」的角色，甚至進一步讓全天下的婦女們免去了懷孕與生產之苦，在不經過陣痛不破壞身材的情況下，完成生男育女的神聖使命。

在這個科學技術可以替天行道的時代，面對精子庫、試管嬰、克隆人與壓克力妊娠箱，人們又開始思索起生殖器的用途了。為了性快感嗎？但是交媾並不是唯一的也不是最便捷的達致快感的方法。為了傳宗接代嗎？試管嬰與克隆人都不是通過生殖器官誕生的，再說，幾乎所有的病菌都是靠分裂生殖而生生不息，而很多爬蟲類也都能靠自體受精的單性生殖而達到傳宗接代的目的，層出不窮的例子證明了，生物沒有性活動也能生存。

由生物進化的角度來看，性活動作為延續生命的手段，是一種既缺乏效率又使事情越加複雜化的方法，兩性生殖大幅消耗雄雌雙方的時間與心力，因為首先得物色合適的對象，其次得使出渾身解數吸引對方，最後才進行交媾，而單性生殖則以上的程序全免，而且繁殖的速度與數量都要比兩性生殖大得多。根據這個道理，單性生殖的生物應該大量繁衍，而兩性生殖的物種則理當瀕於滅絕才是。

但是情形恰好相反，世界上九十五%的生物以性交的方式繁衍後代，因為性活動有一個無可被取代的優勢，那就是參與的雙方可以交換基因。

這使我想起了達爾文的進化論，物種是在完全偶然的情況下互相交換自己，大自然則選擇最能適應環境的個體。生命是在與各種嚴峻惡劣的環境頑強搏鬥中延續下來的，如果沒有基因交換的性活動，母體產生的個體只是它的翻版，代代相沿，遺傳編碼總是相同的。兩性活動產生的個體重組了雙方的染色體，從而創造出一個獨一無二的生命，這生命更能適應環境，也更能對付基因突變。

對於兩種不同的繁殖方法，美國生物學家威廉打了個十分生動的比喻，單性生殖有如毫無選擇地買了很多號碼相同的彩票，而兩性生殖就好比有選擇地買了同數量號碼各自不同的彩票，單憑膝蓋骨的智慧，我們也知道，後者的中獎率要比前者高多了。

在人類以進步和發展為名，所開展的對神聖大地的種種討伐，正有如打開一個又一個潘朵拉的盒子，人類打開了原子核，卻進入一個核威脅的時代，人類正在進行的遺傳密碼的破譯工程，也許會使我們更快更高，更有力與更長壽，但也將會把我們一步步帶離那個恆常的精神家園。

也許在每一次的超越與飛躍之前，我們都應該重溫一遍安全與幸福的古典定義，那就是回歸母親的子宮，回歸童年，回歸家園與大地。

（原刊於〈自由時報副刊〉）

都是基因惹的禍

一位原來專攻「景觀工程」的上海朋友，一年前毅然決然放棄了一份穩定的教書工作，再回學校攻讀第二個博士學位，改行研究「遺傳基因學」去了，在實驗室裡利用基因改造工程，培植抗雜草油菜、自身滅蟲玉米、含酵母的葵花籽，和色澤更鮮艷更適宜長期儲存的番茄與黃瓜。這位朋友提及，時下科學界對遺傳基因的研究，幾乎已到了洞察天機的地步，上帝老早老早就死了，人類只好回頭在自己和其他物種身上討道理，人工控制遺傳基因，加速物種改良，正是以科學方法替天行道哩。

遺傳工程學針對人類疾病而發展出來的「基因療法」，也有石破天驚的進展，在醫學專家的顯微鏡下，生命的神祕面紗已一一被揭開來。一百多年前，人類便發現細胞核裡有些透明的小粒組成四十六條染色體，正是這些染色體主宰著生命的遺傳。醫學推展到今日，這四十六條染色體每一條又被分成一千到三千個遺傳單位，也稱做「基因」(Gene)，一旦一個基因有缺陷，則將帶給人某種終生擺脫不了的疾病，隨著生命的源源不息，這些疾病也跟著一代代傳下去。

以前人們總以為疾病都是因為病菌、病毒等外部因素引起的，隨著對基因的進一步了解，卻發現包括多種癌症在內，和貧血、高血壓、糖尿病、老年痴呆症、愛滋病等近六千種疾病，都是由有缺陷的基因引起的遺傳性疾病，也就是說，當某人父親、母親的精子與卵子相結合的一剎那，就注定了他到人世後將遭受哪些疾病的摧殘……這發現修正了人們對疾病的概念，治療方法跟著起了革命性的變化。

基因療法與傳統的治療方法大不相同，它不吃藥不打針，也不必動手術，它是將有缺陷的基因從人體中取出，採用基因工程的方法對它進行重新構建，再利用特殊技術將它再植回病人體內。經過改造的基因，彷彿一座微型藥物工廠，它會根據指令在人體內不斷生產出某種抗蛋白質藥物或酶，以達到治病益壽的目的。基因療法不僅適用於先天性疾病，也適用於後天性疾病。

而過去很多被視為個人操守不良的行為，也都從遺傳基因裡找到了成因，在遺傳醫學專家的照妖鏡下，什麼人身上潛伏著說謊、酗酒、賭博、偷竊、強暴、通姦、離婚、自殺的基因，一律可以從電腦的遺傳基因解析圖裡看到。

所謂的「後現代主義」思潮，就跟著這一波波生物技術革命一起到來，先被尼采殺得半死，隨後被沙特徹底幹掉，再用全新概念另外創造出來的上帝，這回又死了一遭。說什麼人是萬物之靈，事實上也只不過是大地之母一時衝動的產物，跟喇叭花與百足蟲本質上並沒有什麼不同。

不同的科學家在不同的實驗室裡創造出一個個奇蹟來。不會爛的番茄已經製成罐頭祕密上市，無性繁殖技術造出來的那群基因相同的公羊羔正在英國威爾斯某處山坡上吃草，全世界的醫生正不斷地把用塑料、鈦合金、不鏽鋼打造出來的人造器官，甚至豬的腎臟、猩猩的肺葉，植入一個個病人的身體裡面，而且在不久的將來，實驗室裡將會培育出專門供人摘取心臟、腎臟、肺葉、睪丸與眼角膜，以為人體移植器官之用的「轉基因」哺乳動物。

所以就在證實了是部分脫氧核醣核酸上的物質，把一個男人變成肛交者；編碼在腦細胞表面，全名叫「多巴胺 D2 受體基因」的東西，是使一個人淪為醉鬼的罪魁禍首；而一種叫做“5–HT”的大腦化學物質，存在於有自殺傾向的人身上，從而解釋了海明威的父親、叔叔、海明威自己，還有他的孫女兒先後自殺的原因的同時，人於是成了詩人E. E. 康明思所預料的那種 Human unkind（「人不人」或「人不倫」），由古典哲學家所謂的「自我」，變成羅蘭巴特口中的「身體」，也喊出了荒誕性、無道德、意義剝離、中心解構等等新名詞與新口號。

有很長一段時間，只要一打開報紙或雜誌，就會看到各種基因惹禍的消息，這門學問成了各種領域裡的顯學。上帝從來不存在，個人沒有錯，社會沒有錯，國家沒有錯，千錯萬錯都錯在自然之母身上。天地既然不仁，我們就逆其道而行，它擺了個不合格的基因到某人身上，害他見了女人就想上，那麼只要能找到那個惹禍的基因，把它修補或替換了，從此他便會慎於風月，節慾自重了。

一九九三年三月裡的某一天，我從巴黎一個流浪漢那兒買了一本《馬路》(*La Rue*)雜誌，那是法國的邊緣人編給主流社會看的刊物，一篇對法國基因學家 Albert Jacquard 的專訪，救活了沙特為我創造的那個上帝，請聽聽這位遺傳基因權威學者的聲音：

基因主宰一切的看法，是一種新的宿命論，是所有宿命論中最壞的一種，因為面對它，人在價值與審美等精神層次便全沒有了作為。假如一切錯在基因，那麼任由同性戀者女女、男男去相愛，幾代人以後，這世界上也就不再有同性戀者了。政府也可以取消給低收入戶的子女養育津貼，讓窮人養不起孩子，從此貧窮的遺傳基因便被人為地消滅，窮人便會從地球上絕跡。錯了，把人間的種種苦難與問題，全部歸咎到基因上頭，這是美國式的脫罪方法，它非但簡化事體，也歪曲天理。

這就是了，我思索著 Jacquard 先生那席話中的未盡之意，假如上帝老早就死了，自然之母也經常蠻橫無理，隨心所欲，那麼我們這群天地間的螟蛉子，對自己對萬物，就有了更多責任，為了不讓基因惹禍，我們首先就得來個立心不苟。生物層次的問題由生物工程技術去處理，人倫道德方面的問題，還是得用愛與責任來解決。

（原刊於〈自由時報副刊〉）

依照祂的形象

兩個機器人一大一小，一藍一白。傻大個子叫奧斯卡，一百六十公分高，渾身藍色，兩個咖啡杯大小的電子眼閃著黃光，他有成年男子的低沉嗓音，被問及年齡時，答稱十四歲。小不點叫吉姆，就一口字紙簍大小，通身白色中夾著藍色條紋，圓圓的大腦袋上有兩個閃著藍光的大眼睛，他穿梭在人潮中，不斷用尖細的童音向迎面而來的人問好。

「你名叫什麼？」「我叫吉姆 J–E–M。」

「你幾歲啦？」「我一歲半啦。」

「你媽媽呢？」「我沒有媽媽。」

「那你調皮搗蛋時，誰處罰你？」「呃……」

奧斯卡與吉姆是一項科學展覽會裡的明星，孩子們興奮地圍著他們打轉，在他們眼中，機器人就是超級玩具，他們成天玩的會亮燈及發出引擎噪音的火柴盒小汽車，和能跑、能跳、能翻滾、能繞過障礙物的機械昆蟲，就微縮了機器人的各種功能。

我卻有點失望，奧斯卡與吉姆比我預期的要笨拙多了。我想起電影「銀翼殺手」裡那四個從外星殖民地逃回地球，尋找能延長自己生命期限的程式的機器人，他們有血有肉，有思想有情感，會唸莎士比亞的十四行詩，會物傷其類，憤怒絕望時會殺戮，因為怕死所以更懂得珍愛所有的生命，所以死到臨頭時，竟成全了追捕者。

奧斯卡與吉姆一點也不像好萊塢電影裡慣見的那種動不動就造反的人形無敵鐵金剛，他們只比所謂的智慧型洗衣機聰明一些，他們會跟人交談。關於這點，解說冊上有說明，他們身上都有語言處理機，能「聽懂」簡單的英語，再根據自身儲存的信息作出相應的回答。這麼耳聰目明的「人」，把他們留在工廠生產線上擰螺絲釘，自然是大材小用。

吉姆比奧斯卡年輕很多，所以更先進。他配備了精密的探測儀器，懂得避開障礙物，在雜沓的人群中穿梭自如。會場的導遊提及，只要把他的外型造得更討俏一點，他便可以去車站或旅館當腳伕，也可以為盲人導向，如果能教會他微笑，也可以讓他在街角開家便利商店，專賣冷飲小吃，和鎮痛劑、安眠藥、保險套、避孕丸那類人們在凌晨兩點時突然需要的東西。

讓吉姆微笑，或撇嘴表示不屑，皺眉頭表示煩惱，似乎也不難，日本一位叫原文雄的機器人專家，已經研製出一種能表達六種情感——憤怒、悲傷、憂慮、驚奇、快樂和憎惡的「人面機器人」，那是一個留著長髮的年輕女人，她的皮膚由硅製成，臉部的二十四塊肌肉是鋁質液壓活塞，能通過裝在眼球後面的微型攝影機觀看外界，以便適時給予反應。她的最佳角色是在百貨公司向顧客示範服飾或美容用品。

我猜想要給吉姆一張真正的人皮，甚至一身真正的人血、人肉、人心、人肝，也不是難事。不久前在一份科學雜誌上讀到一則消息，美國哈佛大學醫學實驗室，已經掌握了利用動物自身細胞來培養所需的移植器官的技術，他們從某個器官上摘下豌豆大小的一塊組織，進行細胞分離，然後在蛋白和營養物構成的培養液中進行培養，再用生物降解材料做成器官的骨架，讓培養成的組織在上頭生長，直到長成所需的器官為止。

從活體摘取下來的組織，在培養液中增殖的速度快得嚇人，一塊豌豆大小的組織，一個月內就可以長到一個足球場那麼大，我腦中想像著，這塊熱騰騰的鮮活的肉，足足可以給整個國家的機器傭兵打造血肉制服了。用這種方法，還可以造出軟骨組織和指甲。

生物工程發展到這個地步，我往下想像，就可以打造很多以塑料、鈦合金和不鏽鋼為骨架，以人工培養的活體組織為血肉的機器人，然後送他們到月球和火星去屯墾，也可以一古腦兒派給他們地球上的苦役與賤役，比如下礦坑或追捕十大槍擊要犯之類的。這裡頭不存在歧視或人道問題，因為他們根本不是人。

好萊塢的做法就更超現實了，他們在剛剛死去的人腦部植入微型電腦，代替他的腦神經去運作他的身體，復活之後，就是個無懼於生死的半超人，科幻影片中那些沒完沒了的「機器戰警」(Robotcop)，全都是因公殉職的警察與電腦的拼裝物，也只有他們才對付得了最兇殘的歹徒。

多些靈性的話，可以大大提高機器人的利用價值。「銀翼殺手」裡那位機器人之父，為了讓新一代的機器人祕書更善解人意，讓顧客用得更稱心，花了不少工夫去創造包括語言習慣、感情傾向、邏輯推理和個人感覺等構成的個性模式，他甚至通過輸入一個真正的女孩幼時的回憶，憑空為他的產品創造了童年經歷與家庭背景。

電影裡對如何複製人的思想與情感並未細細點描，但是《二〇〇一年太空漫遊》的作者，英國科幻作家亞瑟．C．克拉克在他另一部科幻小說《城市與星星》中，早已提出相關的理論基礎：如果人腦中的信息是以電子脈衝的形式存在的，那麼一定可以通過某種機械設備來測定並記錄這些脈衝，並將它們在另外一個媒介——如電腦的記憶庫——中複製出來，如此一來，便可以在血肉之軀外再重新塑造一個人，甚至把整個人腦轉移到電腦上。

這個臆想已被科學界所證實。人的思想與個性，的確以電子脈衝的形式存在，它們沿著人體的神經纖維運行，所以思想的速度我們甚至可以正確地測量出來，神經脈衝的速度每小時約兩百五十公里，跟最先進的子彈火車速度相仿，比電視、無線電廣播和電話都要慢多了。

但是科學界卻與科幻作家和電影編劇有不同的看法，一個維妙維肖的機器人雖然很具戲劇效果，卻不符合實際需要，製造他們吃力又不討好。這話肯定是真的，多少次在電視新聞中看「機器人摔跤大賽」、「機器人自由投籃」，總是馬上就看出一個規律來：造得越像人的機器人就越笨拙也越脆弱，一個人模人樣的漂亮寶貝，往往禁不起一個由一大堆零件與電線拼湊出來的四不像打來的一拳。

自然囉，人本來也不是以四肢敏捷靈活見長的動物，人跑不快、跳不遠、爬不高、重心不穩、力道不足、平衡感又奇差無比，是種很不理想的結構，以人為範本去製造機器，除了滿足人的虛榮心外，可說一無是處。

人腦倒是值得模仿，可惜卻模仿不來。《皇帝新腦》的作者潘洛斯分析，人類解決問題是靠經驗與洞察力，而不是盲目地遵循規律，機器卻不能。因為人類有洞察力，能燭照機先，所以才能克服意外，才能達到規律之外的真理之境，他的結論是機器永遠不能仿效和取代人腦。《二〇〇一年太空漫遊》中的電腦荷爾有思想、有個性，能夠揣測人類的心思，在一次星空之旅中凶性大發，殺死了四個太空人，電腦專家說荷爾是純粹幻想的產物，人性化得過了頭。事實上，人類可以造出棋藝媲美世界棋王的電腦，但不能教會它綁鞋帶，換句話說，電腦能模擬專家，卻不能模擬普通人。

這就解釋了小吉姆與我打過幾次照面，也相互自我介紹過，卻始終不認得我的原因。

不要一個機器人，單單要一個機器眼、機器鼻、機器臂、機器腿如何？很好，而且都有現貨供應。輸送皮帶比機器人的腿走得更快更穩，起重機比機器人的手更有力更持久，X光與紅外線掃描器比機器人的眼睛更具穿透力，還有刑事警察專用的一種叫「電子警犬」的傳感器，也比機器人的鼻子更靈敏。汽車殷殷叮嚀我們繫上安全帶，小心駕駛。炊具靈活地翻動食物，自己開關。相機能自動配合光線、顏色、距離與速度，然後乖乖地自己沖印自己的作品。電腦能模仿各種樂器，自己組合出一個大型交響樂團的音效。

如今機器已全面性地包辦了我們的日常雜務，而且不抽筋、不得風濕病也不鬧情緒，可是我們還想給他們添一些叫作靈性與自由意志的屬於精神層次的東西，使它們超越了工藝品，帶上人的屬性，我們想要那些從生產線上繁殖出來的次靈長類人造物，來替我們做那些我們原來只憑本能便可進行的工作，這顯然有些本末倒置了。

這才想到，科幻小說與科幻電影裡的機器人，「人」的成分總是大大超過「機器」，而且把「幻想」置於「科學」之前。我這個一品十足的科幻迷，不相信人裡面有機器，倒相信機器裡面有人，人造機器，其實是人喜懼願望的投影，看人造出來的機器，就像在聽他談心。

但是人永遠抵擋不了造「人」的這種強力誘惑的，機器越是聰明好使用，人就越想賦予它人形。在亞瑟・C・克拉克最後一部科幻小說《三〇〇一年最後之旅》中，家家戶戶都有機器人佣僕。造人，是一種最高級的娛樂，這是在扮演全知全能的上帝，所以造機器的能耐臻於化境時，就想造出一個跟人一模一樣的機器人來，一面對他頤指氣使，一面暗自惴惴不安，怕他背叛，怕他造反，怕他偷吃智慧之果。

因為這才終於符合《聖經．創世記》中所說的，上帝「依照祂的形象」創造出人類的情節。

〈原刊於〈自由時報副刊〉〉

儲壽銀行與靈魂蕊片

科學界又興沖沖地談論起人類長生不死的事了。報上讀到有關那六隻同時被克隆出來的乳牛身上沒有出現致使「桃莉羊」提早衰老的細胞遺傳介質的消息時，也同時讀到奧國生物學家J. E. 默克森這位科學樂觀主義者一本臆想「共有、理性、優選、劃一、安定」的未來人造天堂的小書，一下子有了一種錯覺，彷佛人類無病無痛，青春永駐的這個最奢侈的夢想，馬上要被「基因改造工程」變成活生生的現實。

人類向來怕死，可怕死算不上是人類的專利，而是遍布動物界的現象，如果生物學家的判斷沒錯的話，甚至連那些我們一向認為無知覺、無情感、無思想的植物也會怕死，遇到險情時，還會發送訊號警告同類哩。但是大概只有人類會對死亡進行無休止的思考，不斷想方設法延遲死亡的到來，甚至妄想徹底征服死亡。

「死」本身是無從怕起的，因為人經驗不到，人真正怕的是「亡」，活著對他是個狹窄的已知，並沒有什麼堅定不可抗拒的吸引力，死亡卻是個寬廣的未知，一想到那片浩蕩無垠的虛無，任何人都會感到莫名的恐慌，為了規避被它吞沒，就得繼續活著，無所謂熱愛或留戀生命。而現代人的科學知識又已毫不留情地粉碎任何溫暖的彼岸世界了，沒有天堂，沒有地獄，沒有神的大愛在身後等著我們，在這種情況下，當無可逃避也無可安慰的死亡鮮活地擺在眼前時，相信沒有多少人能以平常心來面對這個孤境絕境的。

更令人絕望的是，人死了，可是這個世界仍然照常運行，一點也不為之所動，正如海德格爾說的，「死亡永遠是自己的死」，僅僅是「我獨自一人的大事」，因此自然很少有人能像莊子說的「齊生死」那麼達觀了，再說老莊一派的虛偽是顯而易見的，他們高唱什麼「以死為樂」，可由老莊學說衍生出來的左道卻栖栖遑遑鍊丹以求成仙，拆穿了看，非但不比「好死不如賴活著」、「貴生賤死」的尋常人來得高明，反而更等而下之。

死，是的，死，我們這些來自母胎的可朽者打一出生，就被迫時時刻刻去面對死亡，那死亡可能來自意外事故，比如車禍、跌跤、食物中毒等等，也可能來自病菌或病毒傳染，這類危險跟意外事故一樣無處不在，幾乎每吸一口空氣，每用手碰觸一下周身的世界，就冒一次風險。別忘了天災與戰爭，也在大量地剝奪人類的生命。就算什麼也沒有發生，還有一直伺在一旁的老朽。如果死亡來自老朽，那麼差不多可以把它當成一種慢性疾病對待，從病因學來看，老朽這種疾病是無法消滅也無法隔離的，它在一個生命誕生時就入侵，甚至還在受孕階段便承襲下來了，這種老朽是全面性的，肉體的緩慢退化在發育成熟後就迅速出現，退化日夜持續進行，由心血管硬化症和心肌勞損導致循環系統的衰竭，知覺與器官的官能障礙，細胞失去再生能力，還有繼發性入侵感染……總而言之，老化自身就是一種進行中的死亡。

可是科學界卻一直不肯把死亡當成一種自然規律看待，不斷卯著勁兒與它進行拉鋸戰，還舉證歷歷地說，生物的死亡只是一件相對性的概念，說當只有生命進化到一定的程度時死亡才會出現，原生動物是不死的，複細胞動物中的海綿、扁蟲、腔腸動物、甚至某些魚類，都不會死的，而高級脊椎動物身上的某些組織，也可以無休止地活在培養皿之中。而人類往往因為血液循環的崩潰或終止而死亡，如果能不斷更生和保持血液循環系統的活力，那麼人類的肉軀就可以達到永生。

另外還有一些醫學專家提出預先儲存自身胸腺細胞以為往後增壽的理論，是這樣的，人類胸骨內膜有一條胸腺，出生時只有十四到十六克重，到了青春期，胸腺發育到達頂峰，重量增加了兩三倍，進入中年期後，這些胸腺大部分被脂肪替代，成了人身上活動力最弱的腺體，這時他便開始急驟老化，專家們設想，在一個人正處於青春成熟期時，從他身上提取一部分胸腺細胞加以編號儲藏，等他步入老年期時，再取出來注射到他已退化的胸腺內，便可以為他創造二度青春。專家們甚至對這套提取胸腺細胞加以儲存從而再創人的二度青春的構想，取了「儲壽銀行」這個怪新鮮的名詞哩。

現在又有了克隆人類自身的可能，而且在進行克隆的當兒，可以同時對各種遺傳基因做截長補短的修正，一旦人類真的進入單性繁殖、自我複寫的克隆人時代，到時從水晶人造子宮降生到世界上的人，大約都會是百分之九十九的完人，智能超強，精力無窮，陽壽幾百歲，不是頂尖科學家，就是原創力無與倫比的藝術創作者——這樣一個世界，就是J. E. 默克森所津津樂道的克隆人的美麗新世界。

J. E. 默克森預言那將會是人類歷史上罕見的太平盛世，中央集權政府是個人全面幸福的免費贊助商，它擔負著所有人的生育、養育與教育之責，並且一步步引領了人的學習、就業、偶配、文娛及終極價值之追尋。每個剛剛誕生的克隆人，都要接受一個小手術，取出體內一枚再生細胞，由城邦政府加以編號冷藏，等他有朝一日壽終正寢，可以蓋棺論定時，一個專家組成的委員會就召開會議總結他的平生，假如他是一個麻煩與爭端的製造者，政府就會銷毀冰藏著的他的再生細胞，要是他對社會具有建樹，他遺留下來的再生細胞就被置於人造子宮培育成人，再嶄嶄新、鋥鋥亮地多活一輩子。

平和馴良的克隆人大概也無法找到長生不老的生物程式，可是在J.E.默克森的推想中，那時「儲壽銀行」制度卻已發展成熟，允諾了克隆人幾百歲的壽數，這幾百歲壽數在我們這些以百歲為人瑞的現代人看來，差不多同等於永恆了，簡直無法想像人類這具血肉之軀如何能夠在這塵俗泥塗中撐持那麼久！「儲壽銀行」發展到後來，竟奇異地取代了刑法大全與典獄制度，成了社會安定的主要依據——對一個作奸犯科的人，國家會按照犯罪積分扣除他的胸腺細胞，轉而犒賞那些功在邦國者。因為胸腺細胞與再生細胞都由龐大的官僚機構所掌管，任何心懷不軌者都得冒被扣除壽數和被剝奪再生機會的風險，自然遏止了所有的犯罪活動。

可以想像，那將是個絕對穩定的社會，沒有人會自殺，也沒有人會謀殺他人，也就是說，在那個未來的世界裡，也幾乎不會有人死於非命。如此平安順利、無病無痛地活上幾百年以後，他還有再生機會，唯一叫他不滿意的是，那個再生是生命中斷之後的憑空再起，屬於他的知覺與記憶無法從今生延續到來生，那個再生是孤立的，絕緣的，主觀的感覺與過去和未來一律無涉，因而那個再生實際上對他並不具任何意義。

所以在J. E. 默克森的想像中，克隆人一定會發動專家去開發所謂的「靈魂蕊片」，試著以電腦複製人的思維、個性、情感及生命情調等，並將之製成軟體，一旦人的肉軀進入無可挽回的衰老期，便可以將之拋棄，再把這個軟體植入剛克隆出來的自己的肉體之中，重新活它一回，也就是說，到時人的靈魂就可以被載入一塊有機合成纖維製成的微小蕊片之中，成了隨時可以從肉體取出或再植入的軟件。

其實「靈魂蕊片」的概念，並不是克隆人的創見，只是將會在克隆人手中付諸實現罷了。遠在上個世紀中葉，英國科幻小說家亞瑟・C・克拉克便在《城市與星星》那部作品中，描述克隆靈魂的操作方法，他是這樣寫的，人的記憶甚至個性都是以電子脈衝的形式存在的，人腦是個訊息儲存器官，如果人腦中的訊息是以電子脈衝的形式儲存的，那麼一定可以通過某種機械設備測定並記錄這些脈衝，將之在另一個媒介中複製出來。

不管如何，活在桃莉紀元的克隆人是科技的登峰造極之作，已逼近了人性的最後極限，人類無病無痛的夢被「基因改造工程」變成現實，青春永駐的夢被「儲壽銀行」的創制變成現實，代代綿延不絕的夢被「克隆技術」變成現實，而「靈魂蕊片」的發明又把肉體的淘舊換新變成現實，從而使「不朽」有了真正的依據。J. E. 默克森近乎一廂情願地信奉著一種簡單的機械進化主義，把人類的進化當成一次攀登山峰的跋涉，一步高過一步，也一步比一步更接近天堂，因為在那兒，至少人類已征服了令人惴惴不安的死亡，總算可以自由控制生死了。

但我對這樣的未來總抱著不祥感，甚至把它當成一種梟鳥式的預言，因為假如生命不再來自婚姻的神聖盟約，不再源於血肉與情愛，也不再經過床笫與搖籃，即便他們當真能萬歲、萬萬歲，可是人(Human kind)已成了詩人E. E. 康明思所謂的「人不人」或「人不倫」(Human unkind)，不朽又有什麼意義呢？

（原刊於〈聯合報副刊〉，〈世界日報副刊〉轉載）

優生不好嗎

有關政府衛生機構強制殘障婦女接受絕育手術的內幕消息，經過報章雜誌的披露後，前段時間在歐洲及美國幾個國家鬧得沸沸揚揚，根據報導，絕大多數受閹割的婦女都是在不知情的情況下成了犧牲者，美國、加拿大和瑞典等國，甚至訂有所謂的「優生學」政策或法律，名正言順地剝奪處於弱勢者的生育權。

跟著這波新聞浪潮一起出現的是，生物遺傳工程方面突破性發展的相關報導，其中又以「基因組圖」的破譯最振奮人心，這塊醫學處女地的探測與開發，不僅為人類帶來更多維護生命的手段，也讓人類可以人為地控制生命的品質，甚至以人工製造生命，達到優生優育的目的，看來人類要掙脫自然宿命，已為期不遠。

假如醫學專家沒有太過樂觀，只消再過幾年時間，一個女人在懷孕的頭幾個月，如果她願意，醫生便可以給她一張她未來寶寶的「基因組圖」，那張圖上面記載著一個小生命體魄和心智的種種隱祕潛質，做母親的甚至可以預先知道她腹中的小生命會不會是個色盲、左撇子、少年白、同性戀或精神病患，會不會一過中年就禿頂或痴肥，會不會死於尿毒症、腦心血管疾病或某種癌症。

這波生物科技的進展，被喻為生命科學一次偉大的「登月」成就，與曼哈頓原子彈計畫和阿波羅登月計畫並稱人類自然科學史上的「三計畫」。但是有心人卻也看到它的陰暗面，因為一旦我們掌握了更有效率的手段時，如果沒有跟著特別當心目的的正確性，就可能把福祉變成災禍。

舉個最淺顯的例子，超音波掃描的發明，讓做父母的在胎兒三四個月大時，就知道它的性別，可是這項技術，卻在很多重男輕女的國家成為謀殺數以百萬計女胎的幫兇，以中國大陸為例，大自然所賜予的男女正常比例是每一百名男孩比約九十五名女孩，正好平衡了男性壽命較短所造成的差距，可是在中共政府的一胎化政策下，家家戶戶無不希望一舉得男，一旦知道腹中懷的是女嬰時，便千方百計將之打掉，使得當前的大陸，每百名男孩相對的只有八十五名女孩，上海的《文匯報》曾估計，眼下的中國已有七千萬適婚年齡的男子被迫打光棍。原來為讓懷孕生產過程更順利安全的超音波掃描器，卻成了殺害難以計數的不受歡迎胎兒的致命武器。

現在科學這位仙師道長，又祭出了「基因組圖」這個「翻天印」了，很多自以為可以替天行道者，正好拿它當成「優生優育」驅滅「不適生存者」的大旗高高擎起。「基因組圖」的近期工程是揭開人體中三十億對核苷酸的順序，到時一個人身上有任何一種潛藏的疾病，都難逃這面照妖鏡，假如社會道德與法律的尺度稍稍拿捏不準的話，這些疾病就可能成為他被剝奪掉生存權或生育權的有力根據。

就算撇開人道問題不談，單單為何者是社會進化的「優」與「劣」，「適」與「不適」下定義，就是一件很冒風險的事，我腦中想到的第一個例子是寫《時間簡史》的英國物理學者史蒂芬・霍金斯，這位被視為愛因斯坦之後最偉大的物理學者，是個重度生理殘障者，這是一種先天性的疾病，早就寫在他的遺傳基因裡頭，在他出生之前便注定好他這一輩子身體要一步步癱瘓掉。假如他母親懷著他的當兒，「基因組圖」的生命科學就已發展成熟，我們幾乎可以肯定這麼一位成就卓然的科學家，根本沒有降生到這個世界上來的機會。

「天才與瘋子只有一線之隔」這句常被引述的話，也提醒了我們，許多科技與藝文領域不世出的天才，都是精神病患或類精神病患，我隨便往腦袋一掏，就可以掏出一長串名字來，巴斯卡瘋狂、波特萊爾淫蕩、王爾德虛妄、卡夫卡嚴重自閉、梵谷精神分裂……他們並不強壯，並不聰明，並不漂亮，他們一個個都是社會的零餘人，但就因為他們的殘缺、他們的不完美，使得他們不斷對自己的生命作執著的意義追究與審美求索，在心血燃燒的瞬間，把暗影變成光源的證明，點燃了世人的心靈之燈。

再舉一個更通俗的例子，來解說優生的潛藏危險，這例子說明了去掉某些缺點，也就去掉了一個物種賴以生存與繁衍的優勢了。起於英國，使得整個歐洲談牛肉而色變的「瘋牛病」的瘋牛，都是些塊頭大、肉質好、奶產量高的優生品種，基於養牧這種牛的經濟效益特別高，幾年之間英國的牧草地上幾乎已不見了其他牛種的蹤影。在這個品種的牛之間爆發了「瘋牛病」後，疫情如野火燎原般蔓延開了，因為這些優種牛毫無抵抗力，僅僅一場流行病便差不多毀掉了整個英國的畜牧業。相反的，一些農家散養的土牛，長得乞乞縮縮，肉質與乳質也不好，卻奇異地不受「瘋牛病」的侵襲，現在英國人就只能靠這些他們從前怎麼也瞧不上眼的小土牛來拯救他們的畜牧業了。

就在「瘋牛病」鬧得歐洲人心惶惶的時候，愛丁堡大學的一個科學小組利用了基因技術對威爾斯山羊實行了無性繁殖，一口氣獲得了五隻基因完全相同的公羊羔，這些科學家宣稱，利用這種技術可以大量繁殖品種優良的家禽家畜，還可以專門繁殖用於人體器官移植的轉基因動物，造福人間。但在肯定這項科學成就的同時，有心人也提出了質疑，他們認為如果使用不當，這種技術很可能成了打開「潘朵拉盒子」的鑰匙，對生態平衡造成不可逆轉的破壞，導致某些致命疾病的大規模傳播，如果一些居心叵測的野心家掌握了這種技術，大量繁殖出有害的動物甚至具有優良基因的戰士，便會把人類文明推上毀滅之路。托夫勒對這門科學的發展便懷著深深的疑慮，在《未來的震撼》一書中，語重心長地說道：「時鐘滴答作響，我們正一步步向『生物學的廣島』靠攏。」

一個調查二次大戰戰爭罪責的委員會曾提出這樣的看法，一個為希特勒效勞的遺傳學家，比成千上萬個蓋世太保罪惡都大，因為他提供了最合乎希特勒這個以煽動種族仇恨來增加自己政治籌碼的混世魔王胃口的理論執照。強調優生，就等於強調人在遺傳上有優劣之分，否定了適才適用的平等法則與精神。

一切功利的或審美的等級制度，都會證明出它的假定性與暫時性，是得勢者強加於人的制式價值觀，幾句質疑與窮究，便可將之拆解得支離零碎，不值一顧。經過兩次世界大戰戰火的蹂躪，世人終於覺悟到，人與人、種族與種族之間都是平等的，這是人類文明的一大成就。

人類在高科技將我們全體引領上一個福禍難卜的新世紀前夕，或許只有回頭接受佛家「眾生平等」的大愛，徹底理解佛家「辨是明，不辨是慧」的哲理，才能超越人形而下的屬性——物性，躍升到人形而上的屬性——神性，抵達純粹的精神高地，從而走到一個大慈大悲、珍視一切生靈的神的膝下，沐浴在西天的光輝裡罷。

（原刊於〈中華日報副刊〉，〈世界日報副刊〉轉載）

人有必要長得這麼高嗎

生物工程學家對基因密碼的破譯非常迅速，眼看著就要弄清楚人類全部的遺傳祕密了，近年來翻開報紙雜誌，經常看到科學家們大談把基因技術應用在造福人類身上，比如把人改造得更美、更壯、更高、更長壽等，甚至認為可以透過基因的矯正，提高人的智力與道德素質。於是就出現了大量的問卷式調查，如果一個人的基因可以隨心所欲地加以重組，他希望他的下一代：一、更美嗎？二、更聰明嗎？三、更高嗎？四、更善良嗎？乍看之下，彷彿「訂做嬰兒」的時代已然到來。

手上也有這麼一份問卷，來自當期的一本法國婦女雜誌，我也忍不住拿起筆來在上面打叉或打勾。我當然希望自己的下一代更美、更聰明、更善良，至於「更高」這一項，卻一時拿不定主意了，這個世界僵固的審美標準告訴我，高是人體美的首要條件，所謂

「一高遮百醜」是也。可是我的醫學常識卻對這檔子事抱持相反的意見，知道長成高個子非但不利自身健康，也有礙地球生態，再說身材高矮是一種相對的概念，只因為別人太高了，自己才顯得矮小，要是別人也矮小一些，自己就不會那麼不起眼了。

偏偏這是一個以高為美的世界，高個子以高為萬幸，矮個子以矮為萬萬不幸，人人都想再添個幾公分，於是透過改善營養與衛生條件，透過運動與種種物理手段來與自身基因拔河，力求寸進。只見二十世紀的下半葉，人類的個頭以火箭升空的速度往上竄，以近四十年來好萊塢的銀幕英雄為例，從一百六十公分的馬龍白蘭度，到一百七十公分的保羅紐曼，到一百八十公分的威廉赫特，再到一百九十公分的尼姆尼遜，十年為一代，一代增長十公分，竄高的速度真是驚人。

運動場上的變化更是明顯，在籃球、排球、足球這「三大球」的競技場上，身高往往成了勝負的關鍵因素之一，刻下美國職業籃球運動員的平均身高已突破兩百一十公分；排球運動員的身高也逼近了兩百公分；就連一向被目為矮壯體型運動員專擅項目的足球，歐美地區的球星們也在一二十年內由一百六十五公分抽長到一百八十五公分左右，迫使業界人士高呼得修正遊戲規則，加大場地與加高球門來適應這些「加碼」球員，否則這項運動便會越來越沒看頭。

在天橋上走貓步的時裝模特兒，更是以高為主要賣點，女性從業者在二十年前還以一百七十公分為上佳標準，如今非得有一百八十五公分以上不能出人頭地，身高一百七十二公分的英國模特兒凱特莫斯，就有個外號叫“Micromini”，說的就是她那「超級微小」的身材。至於男性從業者呢，兩百公分已是起碼的條件，否則就擔當不起「衣架子」的美名，難以打入那行 Top of Tops 之列。

當然，演藝明星與運動明星的身高是由「民意」哄抬出來的，這個「民意」自然也在操縱著它所代表的大眾的審美取向。時下男男女女都喜歡穿高跟鞋與厚底鞋，想在他人看不到的地方偷偷給自己添個三五公分，淑女們擇起偶來，這一關把得更嚴，往往明碼標出了下限，甚至把低於標準者分成幾等殘廢。高個子男人在職場上得意，在情場上更是左右逢源，行為學家 Allan Mazur 發現，男子的身高在婚姻、離婚及孩子的數量方面都起了作用，高個子男人往往顯得更英俊更具性魅力，備受異性偏寵，所以他更容易結婚，更輕易摧毀婚姻，也更容易再結，並與第二個、第三個或更多的女人擁有孩子，「因為高個子男人會有更多的孩子，人類可能將達到新的進化身高。」

人類社會自古以來就「崇高」，營游牧生活的遠古時代，所有的男子都是獵人，正是現代人最忻羨的"Man the hunter"，如果長得不夠高大威猛，又怎麼跟野獸一拼長短呢？到了以體力榨取地力的農業時代，高大的體型也仍然占盡便宜，因為「身大力不虧」。古代的戰爭全憑短兵肉搏，高大健碩的身型占盡天然優勢，因此戰場上的精兵個個頭高馬大，所以在古希臘人眼中，理想的人物不是有善於思索的頭腦，或是有感覺敏銳的心靈，而是身體發育好、比例勻稱的偉男子，一種最能表現人體美的三維空間藝術——雕塑，才成為當時藝術創作的主流。作為一個「男子漢」，其他特質都可以擺一邊，但是形體一定得高大壯碩，一副雄糾糾、氣昂昂男性荷爾蒙四濺的模樣，方才足以成棟樑做靠山。

高代表力，理所當然地，高也代表美。古希臘人演悲劇，主角被特許踩高蹺演出，裡頭便包含著美學的用意，因為高具有一種懾人之美，神聖、凜然，要人去仰視。希臘與羅馬神話中的神，個個碩人頎頎，俊美非凡，因為如果不高人一等，就不成其為神了。西洋中古世紀的宗教畫中，在同一個畫面出現的神魔人三道，神的形體總是被放大，魔的形體居間，凡人最是渺小，乞乞縮縮於一角，看著微不足道。是的，英雄與神都是高大的，正如英國政治家 Edmund Burke 所說的，「度量與結構的大是崇高的一個必備因素，因為它占據人們更多的視線與意識，它總是以一種深具脅迫性的方式逼人去面對。」所以在戲劇中與繪畫中賦予英雄與神大個子，不如說是賦予大個子以神性和英雄氣概，因為神與英雄都是人造出來的，是他喜懼願望的投射。

美與醜的標準太主觀，雖有放諸四海皆準的模式，可以各花入各眼，身高卻是看得見、摸得著的，沒有人逃脫得了這種宿命的等級劃分，英文形容男子之俊美的"Handsome"一字，裡頭就帶著高的意義，換句話說，不高就不俊。如果想通過人為手段來自我改造，最多也只有五公分的增高餘地，很難突破所謂的「基因定數」。高個子處處出風頭、占便宜，矮個子則時時被歧視、受擠兌。高個子是班長、同樂晚會主持人、學聯會代表、男儐相和公關主任的天然人選，這當兒矮個子還要勻出幾分力氣來對抗他人對他身量的偏見，假如他不愛出風頭的話，別人說他有自卑感，假如他愛出風頭，別人也會說他有自卑感，就算他的志向、脾性、才幹都是XL號的，可是旁人永遠只看到他S號的外貌，這XL號的軀體囚在S號的硬體裡，註定好他一輩子要靈肉衝突。心理學家阿德勒甚至把世人對矮個子的偏見提升到理論的高度，就從矮個子被假設非有不可的自卑感中總結出來一種所謂的「自笑情結」，他指出，身材矮小者為了彌補其身高的缺陷，往往更具攻擊性，更易於訴諸暴力，拿破崙大帝國的成形及擴展，大可歸因於此。

矮個子在審美方面向隅，卻在健康上面得利。世界衛生組織最近公布的資料顯示，身高在一百九十公分以上的運動員，通常活不到五十歲，而低於一百八十公分的運動員，則能多活十七年。與身材矮小的田徑運動員相比，高個子的籃球運動員平均壽命要短上九年左右。

這套「身高與壽命成反比」的理論，用在普通人身上也一樣靈。美國歷史上五個矮個子總統麥迪遜、范布倫、哈里森、約翰亞當斯與昆西亞當斯的身高都在一百七十公分左右，平均壽命是八十歲；另外五個身高超過一百八十公分的總統華盛頓、傑弗遜、阿瑟、富蘭克林羅斯福和林登約翰遜，平均壽命只有六十六歲。有人開玩笑說，被刺殺的林肯，如果個頭矮小一點的話，說不定可以逃得過那致命一擊哩。

生理解剖學的常識告訴我們，人身量的增長會減少大腦相對的供血量，會加劇心、肺及血管的負荷。大塊頭對營養的需求多於常人，可腸壁胃壁的面積有限，所吸收消化的食物在量方面就相對地不足，腸胃功能的減弱最終會導致身體和大腦功能的減弱，一句話，「四肢發達，頭腦簡單」是有醫學根據的。高個子患癌症的比例也明顯高於矮個子，這是個簡單的算術問題，一個一百五十公分高、四十五公斤重的人，機體大約有六十萬億個細胞，而一個一百八十公分高、八十五公斤重的人，則有一百萬億個細胞，在同樣的環境下，後者的細胞遭受各種病變侵襲的機率自然高出前者許多。

矮個子也較少患肌肉、神經與關節方面的疾病，內臟器官功能衰退也相對地更加緩慢，因為它們的氧氣需求能得到充分滿足。矮個子因為全身協調性較好，也不容易發生意外事故。眾所周知，女性身高遠低於男性，壽命卻比男性長上一截，根據最近的科學研究，認為關鍵在於高矮而非性別。

高個子不利自身健康，也不利地球生態，全體人類平均身高的增長與全球人口的增多後果是一樣的，兩者都意味著生物熱能的消耗量將增加，最終的結果是加劇地球生態系統的負荷，因為大個子得住更大的房子，開更大的車子，消耗更多的米糧，排泄更多的瀦留，製造更多的垃圾，從而使得大氣二氧化碳含量增加，加速溫室效應，地球生態體系支撐人口的整體能力降低。說得簡單一些，如果人類身高平均縮小三十公分，地球就相對大出四分之一來。

其實一部生物進化史就是對生物體型大小之優劣最具啟發性的教科書。在地球上繁衍了一百多萬年的恐龍，身量真可說碩大無朋，卻因適應不了環境變化而滅絕，如今只見這巨怪遍布全世界的龐然化石。各科動物裡，也都是其中體型較小者得以倖存保種，以貓科動物為例，劍齒虎是箇中身型最為魁偉者，但當牠的捕獵對象大型食草動物發展出更快的奔跑速度，劍齒虎便以身軀龐大笨拙難以覓食，終至滅絕，而身型較為緊湊經濟的獅、虎、豹則因應了環境變化而生存下來。

早期的人屬體型並不高大，男女平均體重還不及南極的國王企鵝，論體積、速度、敏捷、準確、兇猛，都遠遠難與跟他爭取生存空間的肉食貓科動物和大型食草動物相抗爭，然而，正由於動物器官的專業化帶來的優勢，壓抑了那些動物的潛能，倒是人類從自身生理的劣勢中承受到一種壓力，迫使人類去發展他的頭腦，在兇險的生存鬥爭中以智能取代體能，創造環境，擴展自身的生存意涵，最終擺脫了把其他所有動物束縛其中的生命循環。到了所謂的後現代，相對於人類創造出來用於征服大自然的大機器大工業來說，人類自身的機體力量已無足輕重；而眼下的電子信息時代，更是在彈指之間顛倒乾坤，體力勞動幾乎全被機械取代了。

綜合以上各項論點，我們可以達致一個結論，馴服於自然律的話，生物的體型是越進化越小的，體型太大，反而不利於綜合能力的發揮及潛能的釋放；而馴服於人為環境，則體型大小壓根兒無足輕重。所以在生物技術已發展到可以對人類基因進行社會性改造的時節，我們有必要跟自己提一個問題，人類非長那麼高不可嗎？

倒是有人認真回答了這個問題。著名的未來主義學家布拉德史蒂格在《預測未來》一書中指出，到了二〇九〇年，標準俊男將是個拿破崙型的矮個子，因為未來的人類理性當家，人體美將以實際需要和器官功能為標準，「矮個子的小肌腱體魄，更健康也更長壽，是未來世界的理想體型。」「減低身高的過程將透過生物過程來實現。」到時，男人的平均身高會降到一百五十公分左右，女人則只有一百四十四公分。

（原刊於〈中華日報副刊〉，〈世界日報副刊〉轉載）

性別跨越的時代

報上有則可以歸類為「人咬狗」的花邊新聞：瑪麗蓮夢露生來是男兒身！事情是這樣的，有法醫學家檢驗這位已故性感偶像被保存下來的 DNA 後發現，夢露在基因遺傳方面「壓倒性地偏向男人」。正常女性的染色體組型是 XX，正常男性是 XY，但夢露則兼具 XX 和 XY 兩種組型，而且多由 XY 主導，也就是說，她「男人的成分多於女人」。

果真如此，又如何解釋瑪麗蓮夢露那副女性荷爾蒙四濺的愛嬌模樣呢？難道那只是一種無懈可擊的演技嗎？對此專家也提出了合理的說法：天生具有男女兩性性徵的嬰兒其實很普遍，光美國一地每年就有大約三千個這樣的孩子降生，通常醫生會在他們出生不久後為他們動矯正手術，把他們歸入某一個性別。然而在出生後才被選定性別的孩子，長大後往往不能適應自己被人為賦予的角色，卻不明白箇中原因，終其一生悒抑難展。

有時他們會有「過度補償」的表現，變得比正常的男性更男性化，或比正常的女性更女性化，製造出一種十分符合世俗標準的性別形象，以掩飾自己真正的性傾向。這是男性的夢露出落得如此女性化的緣由。

人類是種概念的動物，一直依靠概念來進行思考、累積知識和交換訊息，因為概念可以把多樣和變動不羈的事物歸結成為更方便掌握的門類和屬性，以便做出有例可循的反射性結論或處置。我們對性別的認識也一樣，始終被禁錮在「男」、「女」兩種對立的簡單概念裡，從來不懷疑人類可能有三種、六種、十一種，甚至更多的性別，或者像古代希臘人相信的那樣，男女共用一種性別，單單一種。

人類原來只有單單一種性別，這是最古老也是最詩意的看法。不管是東方或西方的神話與宗教，對於男女兩性的起源都提出「本體論」的解釋，用生物學的觀點來看，就叫做雌雄同體。希臘神話中最古早的人，是一種叫做Hermaphrodite的單軀雙首八肢的動物，同時擁有男女兩種性別，因為活得太自在自足了，從而招來天神的嫉妒，硬是把他一劈為二，一半是男人，一半是女人，自此兩個不完滿的「半人」便棲棲遑遑到處尋找自己丟失的那一半。據說這種殘缺不全的自覺，就是思春期的起源。

然而來自天神的這個「一刀劈」，在生理解剖學者眼中，卻是劈得不乾不淨、藕斷絲連地，所以男人與女人其實就像那首著名的小令形容的那樣，「你泥中有我，我泥中有你」，非常容易彼此逾越界線，向對方的屬性靠攏，甚至可以人為地導演性別的變化，拿聞名全世界的泰國人妖來說吧，拆穿了內幕就會發現一點也不神祕，至少不比果農栽培出不帶毛的桃子更曲折，原來專門訓練人妖的「學校」，打一個男孩四五歲時就為他注射女性荷爾蒙，同時進行外形和心理的女性化訓練，如此到了十三四歲時，他身上就會出現明顯的女性性徵，出落得細皮嫩肉，雙乳高聳，臀部渾圓，除了十指關節比一般女人粗，下體仍然保有男性性器官外，一點也看不出來是個男兒身。

雖然時下大部分的醫學專家都堅持性別在胎兒三個月大時就已經決定了，他們利用核醣核酸的研究來重建性別形成的機制，宣稱已成功地分離出「雄性基因」來，說就是這種基因在妊娠初期促成了睪丸的生成，「雄性基因」還具有所謂的「本源記憶」，在往後男嬰的生長過程中，正是據此做出有別於女嬰的行為。在這種觀點下，性分化的異常便一直被當成是病態的，男人有男人該有的體態與氣概，女人有女人該有的模樣與性情，從來不去考慮有「第三性」或「中間性」的可能。

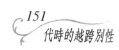

其實性別的生成從來不是一錘定音的，在兩端中間始終存在著一塊很大的灰色地帶，根本不是古希臘哲學家阿那克薩哥拉想像的，「來自右陰囊的精子生出男孩，來自左陰囊的精子生出女孩」那麼簡單明瞭，或像亞里士多德所斷言的「刮溫暖的南風生小公羊，刮寒冷的北風生小母羊」那麼秩序井然。兩性之間非但你泥中有我，我泥中有你，也會因環境的變異而徹底改變屬性，雌雄互變。比如因為工業污染破壞了生態平衡，造成環境荷爾蒙的改變，會出現大規模生物雄化或雌化現象，臺灣西部海岸的鳳螺、象牙螺和織紋螺在三十年內由雄雌一比一變成二比一的「雄化現象」，即是箇中顯例。殺蟲劑與去污粉這類人工合成的化學產品也會嚴重影響動物的內分泌功能，導致明顯的變性現象，甚至人類男女嬰的比例也跟著起變化。

性別分化異常的原因很多，瑪麗蓮夢露打娘胎帶來的染色體性別異常只是其中一種，還有因為性腺分泌不正常而出現的兩性人，或因為病理性原因而中途變性，最常見的是腎上腺或腦垂體病變導致荷爾蒙分泌紊亂，而使個妙齡少女長出了喉結，成了個甕聲甕氣的「假小子」，或讓個小壯丁突然褪淨腿毛，長出乳房。而這些可憐的孩子卻在長期的「兩性對立」意識形態的強制性暗示下，將自身一點與其他同性的不同這不值一提的小事，變成他們生存或就死，自尊自愛或自棄自毀的根本依據。

打從我們出生那天起，社會便幫我們安排了一條屬於我們性別的固定路線，所有能納入這條軌跡的角色扮演就被認為是「正常的」、「道德的」，否則就成了當誅之罪。殊不知對有著豐富多采的個體差異的龐大人群規定出一套僵固的行為模式，這本身便傷害了個體的利益，對於兩性的認知，唯一該堅持的原則應該是：「沒有男人與女人的差別，只有這個人與那個人的不同。」

男人與女人是否具有同樣的神經元？兩者之間的行為差異究竟是與生俱來的還是後天形成的？我們到底受自身性別之生理性制約到何種程度？專家們一直試圖用種種理論來解釋這個古老的問題，就像一個汽車修理工滿懷詩意地拆解一只變速器一樣。

雖然對上述問題始終沒有找到讓人口服心服的答案，男孩與女孩卻很早就開始了他們的社會分工，《聖經》更斬釘截鐵地規定了女人的地位，在〈創世記〉中，上帝對女人（夏娃）耳提面命：「妳將成為妳丈夫的附屬品，受妳丈夫的轄制。」在因男性意識的惡劣膨脹而乾裂的社會土壤上，女人由於生理上處於弱勢，幾千年來一直淪為被男人屈抑與貶損的「弱性」與「第二性」。在歐洲，十三世紀開始有「人的發現」，那個「人」

裡面，還不包括女人與小孩；十八世紀才有「女人的發現」，十九世紀才有「兒童的發現」，發現女人與小孩也是人，有著跟男人等量齊觀的喜怒愛慾和自尊自強的需要，才將兩者補充進「人」的自覺裡面。

然而污辱與損害女人的言論卻從未稍息。十九世紀流行於美國的「真正的女人」與「婦女的領域」等學說只是其中一例而已，當時很多醫生、生物學家和心理學家紛紛著書立說，要從生理上來論證女性天然具有依賴性、溫柔、輭弱、嬌羞、內斂、非理性、富於同情心與犧牲精神等特點，一些醫生認為，子宮非但左右了婦女的生理變化，還支配著她們的腦力活動。有名的婦科專家愛德華克拉克有一個傳誦四方的理論——「封閉的能量體系」，說人體內的能量有著固定的總和，婦女體內大部分能量流入子宮與卵巢，所以她們沒有足夠的能量進行腦力活動，這是婦女智力低下的根本原因，如果放任婦女跟男子一樣從事腦力勞動，她們的生殖力就會大大受到破壞，人口的素質與數量雙方面都會大幅下降。還有更偏鋒的看法，佛洛伊德著名的「陰莖妒忌」理論，說小女孩第一次看到小男孩的陰莖，發現了自己天然的殘缺，心理震動，創傷深深烙印在心口，因而終生既仰慕又妒忌男人，想生成男兒身而不可得，轉而仇恨男人。

自然界本無公理，或說強權就是公理，自然界奉行的正是弱肉強食的叢林法則。男性為求發展，延續族裔，擴張勢力並在文明的創造上掌握主動權，最初的殖民對象就是女性的肉體和心智，而在千年文化的積澱之下，臣服於男人便成了融於女人骨血之中的心理定勢，難怪舊中國社會裡不乏一些以擁有一雙三寸金蓮而自豪的女人，而忽略了男人與女人所有的差異都是由文化造成的，都是幾千年男權文化一點一滴的灌輸與奴役的結果，女人之所以認為這是天經地義的，是「自然」的，僅僅是因為謊言已經重複了幾千年、幾萬年。而觀念的力量之所以強大，在於它甚至可以從生理上根本改造一個人。

事情的轉變來得很緩慢，女性意識的覺醒也只是近半個世紀的事而已。各行各業的自動化與電子化大大減輕了體力勞動的強度，相對於男性文明創造出來的用於征服大自然的大機器大工業生產線來說，男人本身的機體力量變得微不足道；如今我們面臨的這個電子化的訊息時代，大部分的工作又都透過按鈕或敲鍵來完成，男人的工作大可被婦孺甚至智能機器所取代，男人幾乎喪盡了傳統的地位與優勢。受教育與就業的均等機會，進一步為男女同工同酬奠定了物質基礎，也為兩性平權打下了精神基礎。而由於工業污染與精神壓力的增大，男性排精量正日益縮減，「男性的消失」已不算危言聳聽了，至少男人在細胞學上的地位已岌岌可危，「女性話語」已成了新世紀的霸權話語，整個社會女性符號已極度泛濫。

這時人們很容易就會回憶起西蒙波娃的那句至理名言：「我們不是生為女人，而是被教育成為女人」，專家們也因勢利導，指證歷歷地說，兩性差異的起點不在腰部以下，而在眼睛上面的大腦之中，他們承認男人與女人在生理構造上存在著差別，可也僅僅如此而已，要是有人敢說男女之間存在著智能的區別，一定會被指控是在宣揚蒙昧主義——女權運動分子經過半個世紀的奮鬥，終於戰勝了世俗的偏見，在理論上把女人擺在與男人完全平等的立足點上。

然而不管是民主還是科學都不能徹底消除性別歧視，這種歧視又往往來自女性本身，因為在幾千年的男權統治之下，婦女們一向大抵通過男人的眼光來審視自己，因為她們沒有別的價值標準，沒有別的一套語言工具來思考人生，而當她們終於從男人手中奪回價值的立法權之後，她們卻發現自己並不真正需要也不會使用它，更不願意放棄男人給予她們的某些特權，包括花男人掙來的錢，等著男人去撲殺老鼠與飛甲由、修理故障的電器與車子，等著男人的呵護與保護，保有隨時退出職場競爭、走回廚房的自由等等，對這個類型的女人來說，做個「甜蜜無害的小東西」與「男人心目中最有女人味的女人」，遠遠比做個獨立自主的人有趣多了，永遠不明白，正是那些叫人難以割捨的「特權」形成了建立永久、平等、和諧的兩性關係的挪移不開的擋路石。

她們不是生為女人，她們選擇了這個角色。

她們不願意前進，因為她們不知道前面的風光更好。

這同時，另一群比較積進的女性卻拼命向男人的狀態靠攏，從而失去了女人的某些特質，尤其是男性所定義的「媚女」的特質——越是有知識有才幹的女人就越缺乏性感或所謂的女人味兒，這自然與我們的社會至今仍然是男權社會有關，在男權社會裡，社會體制與文化都是由男性主導的，想有所作為的女性要參與社會競爭，主要是與男性競爭，就得更深入地接受這種文化，更熟諳它的遊戲規則，也就是說在某種程度上男性化，為此就不得不揚棄自身性別的某些特質。

女人的男性化現象是伴隨著男人的女性化現象出現的。在女權高漲的上世紀六、七十年代出生並成長的新一代男性，再不可能故作無知地繼承他們父輩的大男人形象，而且還有傳續給兒子新的男性價值的責任，他們正在尋找適合這個時代和他們自己的男性面貌。可是「新好男人」的典範尚未建立起來的時候，觀察家們卻吃驚地發現很多男人早已矯枉過正，變得婆婆媽媽、十足女性化了。

對此，專家們當然有解釋，傳統的兩性分工讓男人主外、女人主內，造成小男孩成長過程中，父親的長久缺席，在母親裙角長大的男孩子缺乏性別角色的師法對象，自然娘娘腔起來。更壞的是，越來越高的離婚率製造了越來越多的單親家庭，在這類單親家庭中，小男孩與母親一起生活，摹仿學習的對象只有母親一個人，這樣的男孩長大後，個性必然陰柔、必然寡斷，甚至徹底異化為同性戀者。

有心人對這種「乾綱不振」的現象自然憂心忡忡，顛覆《格林童話》的男權主義聖經《鐵約翰》的作者羅伯特布萊發出了「尋找真正的男子漢」的呼籲，卻不贊成那類一心撲在工作上的企業戰士的作風，主張只有回到漁獵時代才能覓回真正的男子氣概，忽略了歷史的進程是不可逆的，竟然與同道組織起「男子漢週末研習營」，把一大群男人集中到一處林中野地，讓他們身披獸皮、頭戴猙獰面具，摹仿野獸嚎叫著出擊，或擂鼓互相格鬥撲打，以近乎原始的儀式來喚醒沉睡在現代男人心目中的勇武氣概。

也有男權分子把傳統男性氣概的消失怪罪到女權的擴張上頭，說已婚的女人外出工作，分攤了男人養家的責任，丈夫便不再是家中唯一的經濟支柱，丈夫作為一家之主的權威喪失了，他的責任感與創造力也跟著消退，慢慢就成了個窩囊廢、軟骨頭，言下之意是男人與女人永遠是蹺蹺板的兩端，一方上升，另一方就得被迫下降，一旦女性成長了，男性就得相對地倒退。而女權主義造就了不少女強人，這些女強人就只能配弱男子，因而溫柔婉約一些的男人在女權大張的時代，獲得情愛與性愛的機會，要比他們那些陽氣勃勃的同性大上很多，他們更有機會去播自己的種，種種環境因素都在鼓勵男性去發展自身的女性特質，於是這世界上就有了越來越多的女性化的男人和男性化的女人，真是全面性地進入一個Gender-crossing（性別跨越）的時代了。

其實這也沒有不好，一個男人女性化、女人男性化的世界只可能更平和、更符合環保的訴求，對此，法國前文化部長賈克朗在他甫出版的那本叫《明天是屬於女人的》書中，就細細為我們描繪了那幅遠景——

一個男人已馴化、女性化，或者徹底消失了的世界，將是一個可以減少肉類供應的世界，因為男人向來是肉食動物，女人則吃得清素多了，如此一來，熱帶雨林與臭氧層遭受破壞的壓力可以得到紓緩，戰爭與各種暴力衝突的頻率也會減低，色情產品的生產與消費則會絕跡，人類社會將會由鬥爭走向合作，大家致力於採購與家庭管理，再也沒有人去研發核子武器和生化戰爭的乾菌粉末了。

那將是個值得期待的美麗新世界。

（原刊於〈中央日報副刊〉）

從家用機器人說起

英國作家 M. W. Thring 在一篇題為〈家用機器人〉的文章中，如此描述這種只吃電的主婦良友：「讓家庭主婦擺脫日常雜務的最合乎邏輯的辦法，是買個機器人給她，她可以因應自家需要訓練他，讓他根據預先編定的程序按時自動打掃、洗碗盤、鋪床、刷馬桶，主婦只需定時為他換電池即可。」「他能按步驟執行各種指令，也具備相當的隨機應變能力。這樣一個機器人，會開門關門，會上樓下樓，能跨越地板上的雜物不使自己絆倒。他看起來一點也不像人，倒像一口頂上長著一隻大眼睛的箱子，有兩隻手臂，身體兩側各有一對墊圈，用以支撐和走動。工作完成後，他會自己走開，並把自己關入樓梯轉角的小儲藏間裡。」

嗯，聽起來挺理想的，我的意思是，這麼一個機器人，假如他不發出噪聲，不故障，還有應變能力，我倒是願意考慮買一個。但是根據千古不變的一條鐵律，凡是機器就會發出噪聲，早晚就要故障，而且毫無權變能力，機器人雖然有「人」之名，卻難辭機器之實，想必也難逃此律。

不，我不要一個機器人，我倒寧可要一隻經過特殊訓練的大猩猩來當我的家務幫手，就像我在外國雜誌上看到的那隻一樣，牠會為嬰兒沖牛奶、換尿片，會繫上圍裙下廚做飯去，內急時去坐馬桶還懂得一邊讀畫報來消遣。牠可能有些虛榮，經常愛邀功，有聽閒話及嫁禍他人的種種壞習慣，但是至少在生物學的定義上，牠比機器人更靠近我的品種。

關心家僕型猩猩和家用機器人，實在是因為渴盼從繁瑣的家務勞動中解放出來，誰能夠想像在這個機器萬能的時代，一個四口之家的全職主婦整日被家務驅使得滿屋子團團轉的狼狽情狀，有時因事出門，回家後便得補做家事做到三更半夜！回想起從前當單身女郎的時代，餓了煮碗麥片粥餬口，乏了往床上一橫，便一了百了、天高皇帝遠的日子，真有恍如隔世之感。現在的我是忙了一整天之後，精力已被耗得一滴不剩了，往往晚餐吃到一半就想丟下碗筷到床上把自己攤平，可那床跟我之間咫尺有若天涯，中間還隔著一堆等待清理的碗盤、兩個小孩和我自己三具汗臭的身體、一陽臺不能晒到月光的衣服，還有一個在外頭打拼了一天，回家後希望妻子慰勞他的男人。

這兒我想起了不久前在一本法文雜誌上看到的一個四格漫畫——第一格：主婦正把經過初步清理並分類的餐具放入洗碗機裡；第二格：主婦正用吸塵器清理地板；第三格：主婦正在操作洗衣機洗衣服，她那個從第一格開始便蹺著二郎腿讀報紙的先生開口了：「現在的女人真幸福，樣樣家事都有機器代勞！」第四格：憤怒的主婦把一疊熨好並折疊得方方正正的衣服往他臉上擲過去！之所以對漫畫中那位主婦的憤怒感同身受，是因為我也有一個從不做家事因此誤以為只要多買幾部機器在家中擺著，便可以把我從家務勞動中解放出來的丈夫。我因為拒絕接受洗衣機、洗碗機這類「主婦良伴」，在他面前便失去了抱怨家務繁重的資格。依他那個四體不勤、五穀不分的大男人看來，有了洗衣機我就不用洗衣服，有了洗碗機我就不用洗碗了，這種種送上門的便利我不要，分明是自找麻煩，還好意思抱怨！殊不知我們一對家中電器樣樣齊備的夫婦朋友，照樣三天兩頭因為家事分配不均而起爭執。

我並非一開始就是我先生指責的那種「反機器、反智識、反文明」的愚頑分子——

他曾經以人類從掘根采果進為鋤耕，從鋤耕進為犁耕，從犁耕再進為機械耕作的生產手段的改進為例來教訓我，說我寧可以菜刀剁肉而不要碎肉機代勞，「明明是自願停留在掘根采果的原始狀態」。他的話聽起來很有道理，問題是脫離現實，因為我用菜刀剁肉總是比動用碎肉機來得省時省事，才會「寧原始不文明」啊。

這事再簡單不過，如果我要用半公斤或一公斤碎肉，我會在上肉鋪時就吩咐掌櫃的幫我把肉打碎；如果我只要一百公克的碎肉，用菜刀剁碎它只要一兩分鐘就完事。動用碎肉機「代勞」的話，首先得從櫥櫃中搬出那部笨機器，接著把一百公克的肉塊切成一堆方糖大小的肉丁再擺入碎肉機中，插電把肉打碎之後，還得把那部笨機器拆解、清理、拭擦、再組裝，然後擺入紙箱裡收回櫥櫃中，這事光想就累，更何況是動手。

廚房裡的很多小家電在我看來都是科技的蛇足，我曾跟一個法國家庭共同生活過一段時間，見那家主婦煮一頓飯往往要動用一打的機器，暗中替她叫苦不迭！她打幾顆雞蛋就要動用打蛋器，把生菜沙拉濾掉水分又是另一部機器，開生蠔也有為此目的而設計的機種，其他如攪拌麵粉、切開枕頭麵包、把蒜瓣打成蒜泥等等，也都有專司其職的小電器來善其事。由於我的寄住帶著半打工的性質，雖不必煮飯卻必須替主婦收拾廚房的殘局，為了不必去清理及組裝那些沒完沒了的機器，我總是搶先一步幫主廚把蛋打了，把生菜沙拉的水濾了，把生蠔開了，把麵粉拌了，把麵包切了，把蒜頭搗成泥了，靠的當然是我這雙手！因此那家主婦經常人前人後誇讚我：「珍是個很巧的女孩。」珍為什麼這麼巧呢？她自問自答，因為她是個中國人！瞧瞧他們中國人幾千年前就懂得利用槓桿原理設計筷子夾菜吃，自小就寫得一手筆劃繁複的象形文字，打起乒乓球來快得像陣小旋風，還能在一粒米上刻下一整首詩！

我到底巧不巧連自己也拿不準，唯一可以肯定的是比機器巧，我們之間最大的不同在於我有權變能力而它們沒有。拿碎肉機來說吧，它總是把大部分的肉都打成漿了，卻還有一小部分沒被打到，必須排出來另外處理，如果堅持用機器竟全功，就會把肉打得稀巴爛。濾淨生菜沙拉水分的機器也笨，它的設計原理很接近洗衣機的脫水功能，操作得把洗好的生菜放入那個充滿篩眼的圓槽中，按鈕後它便高速轉動，把水分拋出生菜，從篩眼拋到外層，問題是幼嫩的生菜在高速旋轉中相互擠壓碰撞，早已破損蔫萎、體無完膚，變得既難看又難吃了。我的辦法簡單多了，我雙掌抓住一滿把的生菜，使勁在水槽裡甩幾下，便纖毫無損地完成濾水的工作。

再說說我始終極力抵制的洗衣機和洗碗機。

我這半生從未自己買過一部洗衣機，但是早在當小女孩的時代就對它的功過十分了然——它是那種可以把衣服上的斑污和油漬洗得乾乾淨淨，卻滌不淨用以去斑污和油漬的洗衣粉的古怪發明。證明這點的方法很簡單，把洗衣機洗好的衣服再放入一桶乾淨的水中搓洗幾下，永遠可以再洗出滿滿一水面的泡泡來，這是其一，洗衣機洗好曬乾的衣服穿在身上，總是帶著一股洗衣粉添加的人工香精的味道，這是其二。基於這一層，我就永遠不歡迎它入門。

洗碗機的缺點更是顯而易見，它根本沒有把碗洗乾淨的能耐！油垢粘得太牢或帶著「角」的餐具與炊具，它就無能為力了，更壞的是，沒去除乾淨的污垢經它用熱氣強行烘乾之後，會更加牢固地附著在餐具或炊具上，日積月累，主婦再也洗它不淨，成了器皿上有礙觀瞻外加令人倒胃的圖案，有回我們到家裡擁有洗碗機的朋友家吃飯，見識到幾件這類混身老人斑的餐具，一頓飯吃得極不痛快。

洗衣和洗碗確實是不怎麼有趣的差事，但是我實在不願自己的小孩穿上帶著化學洗潔劑殘餘物的衣服，也不願他們把飯連著油垢和除垢劑吃到肚子裡面去，所以雖然偶爾要抱怨兩句，還是天天躬親其事。其實要把這些日常瑣碎朝更具建設性意義的方向想也不難，據說詩人梅新每天早上要把一罐玻璃珠子往客廳地板一倒，然後彎腰逐一拾起，說這是一種中老年人預防腦血管硬化的有效運動。我倒是想建議他用傳統的方法替他夫人洗衣服，把頭垂得低低的，屁股翹得高高的，上半身整個探入浴缸裡用肥皂搓洗衣服，手搓一下，頭就點一點，屁股跟著撅一撅，比彎腰撿玻璃珠的運動更全面更徹底，而且肯定可以大大博取他夫人的芳心哩。

上述這些機器除了有它們各自的毛病外，還有會製造噪音和發生故障這兩個共同的缺點。噪音是種無形的暴力，聽多了會使母雞不下蛋，嬰兒不吃奶，老人折壽數，還會使夫妻翻臉、兄弟鬩牆、父子失和，對它我從來不敢等閒。一開始我們巴黎的家是鋪地氈的，可是每回我要用吸塵器清理地氈，就得讓先生把我們那個襁褓中的孩子疏散到外頭才動手。就是我自己也不能忍受那等噪音，經常寧可用毛刷子和濕抹布替代它。有回靠牆的一角地氈被孩子揭起，我俯身一看不由大吃一驚，地氈下面積著厚厚一層灰土，原來這種東西是專為藏污納垢而設計的！於是找個週末把整個屋子裡的地氈全部揭掉，當下心中最感痛快的是自此不再受吸塵器噪聲的疲勞轟炸了。

雖然自家儘量不假機器代勞，以圖耳根清靜，但是仍然不時要受來自四鄰的機械運作聲浪的襲擊，隔著幾層樓的某戶人家在使用吸塵器，聲音宛如噩夢中來自外太空的一隻巨型昆蟲，在人耳畔嗡嗡不去，久了要心悸耳鳴。公寓外頭的一片綠茵，推窗而望，賞心悅目，偏偏草長了就得讓工人駕著割草機來剪，那聲音很像油門踩到底的五十C.C.老機車，工人一天工作下來，就會在我太陽穴裡留下一條鋸齒狀的痛，為此我經常想發動我們社區的青少年來勞動服務，劃分好責任區後以鐮刀割草，把整齊的草坪和寧靜一起贈與大家。

機器故障也是主婦的一大難題，一般小家電故障，不難自己動手找出毛病所在，大家電就非得送維修站或請專人登門修理不可，可偏偏那班電器匠就喜歡擺專業人士的架子，給約會時間動輒給到一星期以後，以示他業務繁忙，而且索價之高昂，往往想叫我把他修理好的東西送給他抵價算了。

由於深知種種機器之笨與之害，所以我始終堅持由自己萬能的雙手操持家務，使得我家電器化的程度一直停頓在我祖母時代的水平。有回我四川公公的研究單位派出一批人到法國考察，我公公託其中一位相交較深的先生來我們巴黎的家探視我們。根據事後我婆婆的轉述，這位先生回去跟我公公報告，「小夫妻過得很清苦，家中什麼東西也沒置。」我聽了立即跟我婆婆抗議，我家客廳那三大口書櫥外加兩大口書櫃的書他難道沒看到嗎？光那兩套大百科全書的價格就夠買一套高級的真皮沙發和櫟木家具了！和婆婆再談下去，才弄懂我們「沒置」的東西是大陸同胞所謂的「三大件」和「五小件」，這些都是家用電器，我們家客廳確實是看不到這類鋥鋥亮的時髦玩意兒的。

用機器不能得心應手，用人更難叫人稱心如意。我請過保母也請過上班制的家務幫手，可是花錢從來沒有買到合格的服務品質，這類人手通常是為了生計不得不替人幫工，缺乏做好這分差事的訓練與意願，她們比機器壞的地方，在於太有權變能力了，凡事想挑省力的法子做。不過就算什麼問題都不出，屋子裡擺了個花錢雇來效力的人，憑空多出一副窺視仲裁的耳目，也不是件叫人感覺太舒暢的事。看法國人在電視上演笑劇，僕人是那種天天少不了卻左看右看都不順眼的人，唯一的辦法是讓他穿上與壁紙同一花色的制服，成了個隱形人！

不能與機器相安，又難以找到能人相託，經年累月事必躬親的結果，倒把自己鍛鍊成一個十八般武藝樣樣皆通的家務全才，廚房裡的活兒紅案白案都修，南北點心與小吃也都能露一手，會做水餃、抄手、饅頭、包子，會醃泡菜、打豆漿、滷牛肉、蒸年糕，與從前那個自願下廚時就把兄姊趕到街頭的陽春麵攤子的小書呆子，壓根兒不可同日而語，而跟昔日的朋友說起刻下的自己是那種會刷油漆、換壁紙、拌石膏補平牆面、打通堵塞的馬桶與水管，還會車窗帘、縫椅套、補被單，甚至上街剪塊花布回來給自己做條長裙的那種萬能主婦，更是要所聽的人刮目而看。

對於自己的宜室宜家，我是很難不恃才而傲的，我經常想，我自己是管家選才的上乘標準，中國人要製造第一代的家僕型機器人，也應該以我為組建模型之一，保證出廠之後，只要在背脊裡裝入一組蓄電池，擺入一個普通的四口之家，便能日以繼夜提供溫飽、創造舒適、慰老撫幼了，到時候我一定毫不猶豫地訂購它一個。

（原刊於〈新生日報副刊〉，〈世界日報副刊〉轉載）

愛美許式的人生

我被迫學開車的同時，也被迫學中文電腦寫作，這是兩件極端違反我心性的事，始終擱置在那兒，不肯下決心去學，就因為不具備這兩門現代生活不可或缺的技能，一直被我那位學理工的先生目為「二十一世紀的文盲與殘廢」，可我全沒往心裡去，一個能聽、說、讀、寫中、英、法三種語文的人，被譏為文盲時，是可以不以為忤的；至於殘廢，更是言重了，我會騎單車、踩直排輪、游泳、打網球、乒乓球，來回五十公里內的路程，都有膽量步行上路，四肢發達得全無閨秀風範，真是何殘廢之有？

可是住家距離兩個孩子上學的地點實在太遠，一趟路得走上四十分鐘時間，而大孩子很快要升上中學了，今後得與還在小學的弟弟分開送，在路上的時間又會大幅拉長，不開車的話，簡直得在半夜就起床準備上路。電腦也非學不可，幾位編輯朋友一再警告我，說我是他們受理稿件中屈指可數的幾位還在搖筆桿的「手工藝人」之一了，說再不電腦化的話，可能就會被那個即將到來的「無紙張文明」給淘汰掉！就在心不甘情不願地迫使自己機械化、電腦化的當兒，讀了本討論「愛美許」(Amish) 社群「文化孤島」現象的專書，如獲天啟，又有了與科技霸權再抗爭一回的勇氣。

「愛美許」人大約在三百年前為逃避宗教迫害，由歐洲的德國、瑞士一帶遷徙到北美去，是一個活在二十世紀卻堅持過十九世紀式生活的奇妙社群。三個世紀來一直過著日出而作、日落而息的田園生活，堅決抗拒電視、電話、汽車之類的科技產品，徒手耕作土地、建造家屋，徒手教孩子們讀、寫、算的技能，以馬車為代步及運輸工具，出遠門只能在熟朋友家借宿，不能入住旅館，他們之中的大多數人，終其一生的活動範圍不會超出五十平方公里。

人們一定以為這個奇怪的人種生活在遠離人煙的地區，可是卻不！這是橫跨美國賓夕法尼亞、俄亥俄、印第安那和伊利諾斯四個州的十幾萬人口的社群，其中一個部落離「現代文明的核心」——紐約市只有個把小時的車程，但他們絲毫不為高科技創造出來的種種便利與舒適設施及令人目眩神迷的娛樂媒介所動。愛美許人的孩子長大後離開家園投身現代社會的，也只有七分之一左右而已。誰說時代潮流不可逆？誰說經濟利益支配人類行為的力量不可撼動？

我的排斥機器，不像愛美許人那樣出於宗教信仰，單單基於機器並不能為我創造幸福的認知罷了。道理很簡單，沒有機器比有機器使我自在，我有什麼理由把那類吵雜又醜陋的東西納入自己的生活中？在臺北當職業婦女自立生活的那一年時間，我租的那戶兩房兩廳大違建裡的電器設備也就幾盞燈、一架風扇和一臺唱機而已。當時流行所謂的「三機女性」，說的是白領麗人必不可少的答錄機、傳真機和呼叫機，我全然不動心。臺北夏季潮濕炎熱，頂樓違建暑氣逼人，可我硬是頂過一個又一個夏天，始終不肯安裝冷氣機來為自己消暑，風扇也很少開，寧可每天多洗兩次冷水澡來降低體溫。

在巴黎成家之初，吃電的家當也就一口小冰箱和一臺手提唱機而已。直到第一個孩子到來，先生才強迫我接受了一部洗衣機，可除了清洗冬季厚重的衣物及床褥外，基本上是裝飾性的擺設，總覺得機器洗衣不如自己動手來得靈便，至少我會因應衣物的質料、顏色及髒的程度分別處理。一般主婦總要求先生為她添置這樣那樣的電器作為家務幫手，我則相反，每回先生想買回一件電器，都會遭到我的頑強抵制。可是終究難敵家中那位簡單的機械進化主義者，這個笨傢伙視科技為人類全面幸福的贊助者，認為現代化設備可以優化生活品質，十幾年來，他陸續把電視機、雙門冰箱、錄放影機、組合音響、大型烤箱、烘乾機、絞肉機、咖啡蒸餾機、果汁機、吸塵器、浴室風筒……迎進家門，再加上他工作與娛樂都不能少的電腦、打印機，上網用的調製調節器，和遍布家中三層樓的最新安全警報系統，簡直把一個家「武裝到牙齒」。

可是我始終不就範，以最消極的方式進行我的報復，照常用自己靈巧的雙手洗衣、洗碗、刷地板、剁肉、擠果汁、和麵粉、打蛋、搓乾頭髮，把他買回來的大小電器連說明書及包裝盒束之高閣，讓它們全成為「一次性」電器——那唯一的一次就是他買回家時照著說明書為我示範操作的那一次。至於大型烤箱，因為我不肯為他準備一隻乳豬或一隻肥鴨，所以他連示範的機會也沒有。多功能烘乾機也還是處女身，當然是因為我不肯提供一盆洗淨的衣物做烘乾的示範操作使然。出門或上樓睡覺之前，也寧可一遍遍檢查火燭與門戶，而不肯啟動那套發作起來會閃著強光並以高分貝鳴叫的安全警報系統。

我不喜歡機器，因為這類科技產品：一、吃電，所以會耗電也會漏電；二、會發出令人心肺顫動的噪音；三、會故障，所以需要維護與修理；四、會製造所謂的「電子霧」

妨礙健康；五、會壞掉，所以得經常汰舊換新。由我自己動手則以上的缺點全都沒有。都說人們購買形形色色的科技產品是為了追求效率，可是裝備越齊全，人們卻越忙碌，不得不教人懷疑是各路發明家夥同製造商有系統地把現代人們生活給化簡為繁了。有人說過，如果迴紋針還沒被發明，請專家依照它的功能設計一個，說不定它會有七個活動零件、兩節乾電池、三個晶體管，而且每年得維修一次。好啦，屋子裡曲里拐彎的電線線路已取代了人們的血脈與神經，當真倚賴這些東西，一旦斷電，則所有那些吃電的傢伙都會成了爛銅廢鐵，生活也跟著癱瘓掉。

說穿了，高科技創造的就是一個高速高效的世界——洗衣機搓揉衣服要比人的雙手快，汽車跑起來要比人的兩腿快，電話、傳真機、電腦傳遞信息要比郵差的步子快。可為了爭取速度就得犧牲過程，而整個人生追根究柢也就是個過程而已。就拿開車來說吧，再長的路程也只是手握方向盤、腳踩油門、目視前方，別的什麼事也幹不了。不像搭公車那樣，可以觀察眾生百態，鬧市裡讀臉譜，可以放牧游思，或解決懸置的難題。也不像騎單車那樣，把趕赴目的地與放鬆身心、強化體能、流一身熱汗排除身上的瀦留和欣賞大自然美景幾件事一併辦了。更不像走路那樣，可以細察每一株花、每一棵樹及無數其他生命無痕的造化，每一步都充滿發現的會心喜悅。

電腦的運行更是驚人的快，那是每秒三十萬公里的光脈衝的速度！早已打破了人類的常識法則。網際網路完全消除了空間與時間的距離，人們足不出戶，單單坐在電腦屏幕之前，就能完成購物、娛樂、交誼、收集資訊等生活中不可或缺的活動。朋友們都電腦化了，不斷在我耳根旁稱頌它的驚人效率，說如何一個滑鼠在手，全世界去得，說一旦進入「萬維網」（World Wide Web，縮寫為 WWW），人人都成了繽紛繁複的世界舞臺的頭排觀眾，又說新興的網路經濟，因為沒有了傳統交易裡時間和空間的阻力，交易成本大大降低，財力與腦力的社會化可以獲得迅速的實現，這是所謂「電子商業」的革命資本，有個挺專業的說法，叫「低成本的擴張」。

朋友們的來信泰半是電腦打印出來的，行次井然卻千人一面，毫無故舊感與親切感，看著像公文或廣告傳單。中國文字本來就形神兼備，同時具有外在美與內在美，才產生了獨特的書法藝術。為了電腦化，竟把博大精深的中國字拆解成歐洲拼音字的二十六個字母來敲打，使得由筆劃變化產生的美感蕩然不存，再也無法體現書寫者的個性與心情，更不必提顏筋柳骨的書法藝術了。在我這個筆耕者看來，用手寫字是一種創造，用電腦打字是一種製造；寫字是一種投入，打字只是一種錄入；寫字是一種藝術，打字只是一種技術。而且寫字只要有紙有筆，隨時隨地都能進行，人人可以實踐歐陽脩所謂的「三上文章」——馬上、枕上、廁上——的進取精神。不像電腦打字那樣得在那部笨機器之前正襟危坐，還得寸寸留心什麼輻射線、電腦病毒、千禧蟲、停電、當機等外力弊害。

對於人們引頸等待的那個被「萬維網」那張無形之網所覆蓋的「美麗新世界」，我一直充滿著不祥感，視為一種梟鳥式的預言。人們可以通往全世界卻什麼地方也沒有去，它多樣性吸納、全天候釋放，鼓勵人們精神上的暴食暴飲，資訊爆炸性增量，人們腦中塞滿異己的見聞與經驗，以虛擬代替現實，大幅吞噬掉人的個性空間，人人肩上都扛著一個幾乎不能稱做自己的腦袋，那是一個信息龐雜的垃圾筒。更壞的是，很多專家斷言，電腦進化到最後，可以全面性地取代人腦，擁有人腦的所有功能，不僅能模仿也能創造，有喜怒哀樂的情緒變化，具有幽默感和美的鑑賞力，還有自我意識與自由意志。比人強的是，它單靠計算能力就能達致真理。這是最壞的部分，試著想像一個一切真理都能被電腦的公理化系統所窮盡的世界，那該有多乏味！

大概是歷史學家房龍的名言，他說人類社會一切災難的禍根，不在個人的野心、惡意與貪念，而在於我們的科學家創造出一個鋼和鐵、化學和電力的新世界，而忘卻了人類的頭腦比寓言中那隻烏龜還要緩慢，比出名的樹懶還要懶惰，一切盲目依賴技術，讓它製造出一個生態與化學失衡的全新物境，並企圖以人力全面性地取代自然力，把人一步步誘入一個技術至上、技術為本的世界，最終瓦解了人與自然的神秘聯繫。

我不想登上月亮，只想去參觀愛斯基摩人的冰屋，對人類開發火星的宏圖一點也不感興趣，如有選擇，倒更願意去撒哈拉或美國亞利桑那州欣賞千奇百怪的仙人掌。但如果到不了極地與大沙漠也不打緊，每個向晚時分去田壟野路上的一回漫步，就足夠打破我家居的單調步子了。我這個拒絕擁有傳真機、呼叫器、激光盤、手機、塑膠貨幣的人，這些年來似乎一直走在主流社會的邊緣上，對於那些以光脈衝速度與這個新世紀一起進化的同類們，完全沒有同理心與同情心。十分同意那個以三個月時間用一把斧頭給自己在森林湖畔造了座小屋，然後住進去思考人生終點關懷的美國人梭羅對他那些積極奮進的同代人的挖苦：「一個人吃了午飯，去睡了半個小時的午覺，一睜開眼睛就慌忙問『有什麼新聞沒？』好像全人類都在為他一人放哨。」

愛美許們是對的，他們沒有任何科技設備，但也很少染上胃潰瘍、失眠、偏頭疼、飲食失控、精神分裂、厭世等種種現代人的病症。人們真該拿他們當榜樣，把生活當生活過，在日常瑣事中用心，「擔水砍柴無非妙道」，把前進的節奏放慢，時時提醒自己事物的自然秩序，拔掉所有機器的插頭，讓自己與世隔絕，以便重獲自由，尋回舊我。

（原刊於〈中央日報副刊〉）

反戰遊行隊伍中的沉思

行走在反戰示威的隊伍裡，我突然想起美國作家馮內果在他那部有名的反戰小說《第五號屠宰場》裡的一段話：「一個人宣稱他反戰，形同宣稱他反冰河期一樣徒然。」冰河期到不到來，從不以一個人或一群人的意志為轉移，戰爭的邏輯跟冰河一樣勢不可擋，個人的聲音實在太微弱了。這同時我又回想起前年夏天在德國一處集中營遺址看到的一口袋一口袋受難者的頭髮，和堆積如山的受難者遺留人間的鞋子，不由得全身發冷，心想就為了表達我對那個景象的憤怒與恐懼，也應該拿著反戰標語上街走一趟。

我們隊伍預定的遊行路線就在美國駐法國大使館所在的街區，大概是希望華盛頓派駐巴黎的大使在推窗透氣或送客出門時，目光撞見了示威人群與他們手中的警語牌後，會往華府上報，讓決策者知道，在人人喊殺的當兒，仍然有一小撮人在無條件主張並爭取和平。

隊伍中的人個個衣冠井然，神情肅穆，看得出來他們當中的大部分人都是請事假從辦公室或生產線上脫隊上街的，我猜想他們也都跟我一樣，知道上這一趟街根本起不了任何作用，卻不考慮行動的功利結果，只圖參與和在參與中堅持對事物解說與判斷的主動權罷了。有人在行列中發傳單，傳單上面是有關人類戰爭與和平年月的統計，引述了瑞典皇家學院的一項研究，說從西元前三二〇〇年到西元一九六〇年這五千多年時間內，世界上共發生戰爭一萬四千五百一十三場，其間只有三百二十九年是和平的。這些戰爭總共殺死了三十六億四千萬人，損失的財富折成黃金，可以鋪一條寬一百五十公里，厚十公尺，環繞地球一周的金帶。而據美聯社的調查報告，第二次世界大戰結束後，地球上又爆發了八百多場局部戰爭，大約有一千萬人死於戰火。邱吉爾所說的「恐怖平衡」，雖然維持了二次戰後世界的均勢半個多世紀，卻從來沒有真正杜絕掉戰爭，而眼看烽火再起，局面難控，更沒有任何可靠的理由相信它能維持下去了。

讀完傳單上的文字後，我覺得自己挺天真，以前一直以為自己這一代人或者是人類歷史上唯一一個可以不受戰火蹂躪的一代，前蘇聯的解體與柏林牆的倒塌，又強化了我這個信念，老是引述美國學者巴頓豪厄《戰爭的終結》一書的觀點，說現代人廣泛閱讀文學作品，與不同文化的作者心靈交相作用，思想開闊，能理解並包容其他異類，以民族國家為基礎的民族主義早被超越了，戰爭將會慢慢從人間絕跡，完全沒有意識到局部戰火從未稍息，大規模戰事可能隨時引發，和平卻從沒真正到來。這種情況可以拿恐怖小說作家愛倫坡的名篇《巨斧》中的情境來比喻，頂上懸著一把巨斧，時鐘在滴答滴答響，沒人知道關鍵一刻定於何時，所以任何一刻都在繩斷斧落的威脅下！

用這個角度回頭檢視希特勒曾說的話，也就不再只是以混世魔王的病態狂語視之了。希特勒相信戰爭是常態，和平只不過是戰爭的間歇，因為人類的生存空間是有限的，因而爭取生存空間的鬥爭將是永恆的，其結果必然是兼併與征服，必然是戰爭。這個世紀屠夫竟也因他的偏執而抓住了世情的扼要！發生在德國、前南斯拉夫、土耳其、盧旺達和波斯灣一場又一場的大屠殺，不就是起於民族之間長期存在著對土地和政治權力難以調和的爭奪嗎。而任何種族仇恨的走向都是種族滅絕，不僅僅是猶太人要受害，還有亞美尼亞人、車臣人、巴勒斯坦人、庫德人、圖西人、胡圖人和很多很多其他人。

約我參加遊行的卡洛琳碰上她的一個朋友喬其歐，三個人自然走在一塊兒，事實上，是喬其歐打電話告訴卡洛琳這場遊行的集合時間與地點的。我們就邊走邊壓著聲音講話。他與卡洛琳都認為「凡是戰爭就該反」！凡是戰爭都是絕對罪惡和不應加以辯護的，因為戰爭總以征服、打倒對方為目的，這種目的又必然以流血和生命的犧牲為代價，因此是違反人類基本生存法則的。喬其歐手上有一本英國《衛報》附屬出版公司出版的專揭波灣戰爭內幕的書，文中已對十年前開打的那場戰爭的起因和過程做了徹底的翻案文章。喬其歐說，「世上有很多人，除了戰爭沒有任何其他事物可以刺激他的腎上腺素」，偏偏戰爭犧牲的不是那些好戰分子，而是只求平安過日子的老百姓。

在他眼中，老布希與柴契爾夫人就是那種「唯有戰爭才能刺激腎上腺素」的人，而眼下的小布希與布萊爾也是，他手中那本書就以無數鐵錚錚的事實支持了他這個看法。波灣風雲乍起時，當時的美國總統老布希與英國首相柴契爾夫人已拿定主意大幹一場，軍方便銜命提供假情報欺騙美國國會及聯合國以促成戰爭。當時美軍偵察部指出有二十六萬伊拉克軍隊正開往沙烏地阿拉伯，「海珊要像併吞科威特那樣併吞沙烏地阿拉伯」，而事實真相是，海珊早已鑑於國際壓力而有從科威特撤退的意圖，更不必提向沙國進軍了。倒是俄國衛星公司拍下當時美軍在沙國首都，戰鬥機「機翼連著機翼」的照片。一年後，鮑威爾將軍才承認「情報出現錯誤」，指出美軍開戰前，事實上並無伊拉克軍隊在沙國邊境大規模行動，可這時波灣戰爭已結束了。

當時美國軍方一直強調那是一場「高科技戰爭」，「一點也不血腥」，是「人類歷史上最乾淨的戰爭」。全世界電視觀眾對那場戰爭的殘酷性也毫無警覺，只見美軍的飛機與炸彈在電腦的控制下，準確命中軍事目標，只有那些打前鋒的美國人見證了最慘不人道的場面，美軍第一裝甲機械隊的指揮官奎恩，親眼目睹三個旅的美軍用鏟泥車進攻伊拉克軍隊，活埋了三百多個士兵；有些伊拉克士兵從戰壕中高高托起步槍向美軍投降，卻也難逃被活埋的命運。美軍在戰鬥中對付伊方的另一種恐怖武器是膠化燃燒彈，在進攻之前先投擲幾枚這種致命的玩意兒，把敵方陣地化為一片火海，士兵們身體被膠化，只能癱在原地活活被燒死。另一種特製的炸彈可以把戰壕中的空氣抽乾，躲在裡頭的士兵會因內臟爆裂而在極度痛苦中死亡。即使伊方已決定無條件由科威特撤出後，數以千計的伊拉克士兵與平民仍在回家的路上被射殺。

這就是喬其歐與卡洛琳的反戰理由。

當然還有更具體、更迫切的理由，行列中有人來搭話，反恐怖戰爭是美國人製造的一場天大的騙局，在長達三週對阿富汗的狂轟爛炸下，美國還沒抓住任何一個恐怖分子，只是把怒氣發洩在世界上一個最貧困最弱小最不設防的國家頭上，把炸彈投到醫院、紅十字會倉庫和無數平民身上，蓄意忽略了九一一恐怖襲擊的疑犯中沒有一個是阿富汗人，多數疑犯是沙烏地阿拉伯的公民，而且都是在德國與美國受的訓練。再說，美國人一心一意要摧毀的阿富汗塔利班政權，恰恰是美國人與英國人為了對抗蘇聯上個世紀八十年代的入侵而扶植起來的。

這位和平之士總結道，戰爭最大的罪惡，不是開戰雙方戰場上的死傷數字，和被波及的平民賠上的生命財產，而在於它可以挑動起和平時期被抑制住的人性的惡，讓人發揮破壞性潛力，使得種種維持一個人道文明社會的戒律，如「不可殺人」、「不可姦淫」、「不可盜竊」都失去約束力，模糊了人與禽獸的分界。

歷史上每一場戰爭的背後，也確實都有著發動者冠冕堂皇的理由與目的，秦始皇大張戰幟是為了鞏固當時先進的社會制度；希特勒的征戰併吞是為了「建造一個更美好的世界」；日本軍國主義者策動戰爭，讓千千萬萬人死於非命，則是為了建立「大東亞共榮圈」。而戰爭的組織者所使用的語言，永遠高尚深邃，極能煽動人心，這些戰爭販子以鼓動鬥志為己任，他們在戰爭前夕慷慨激昂的發言，幫助人們先在心理上投入戰爭，卻同時也導致了戰爭的無可避免。瞧瞧電視上號召全體回教徒投入「聖戰」的賓拉登，語氣多像九世紀準備出發討伐異教徒的聖戰士，而小布希敦促美國人投入戰爭的演講，則充滿金傑姆森《聖經》譯本的韻律。

然而幾乎所有的戰爭最後都會被證明是不公正不道義的，而且從來也不可能「以戰止戰」，主張戰爭者中話語與立場越決絕的，也只是越發禍害世道人心罷了。千萬不要忘了神聖羅馬帝國皇帝斐迪南一世那句名言：「即使讓世界毀滅，也要讓正義實現」，這句令人髮指的壯語並沒有成為絕響，我手邊就有另外一個例子，那是美國名記者阿涅特在一九六八年隨軍採訪越戰時寫下的廣受傳誦的一句話，一句反映戰爭的悲劇性本質的話，那時他在湄公河三角洲躲避子彈，目擊疾病，饑饉與死亡，已是公認的「殺戮戰場」上的編年史官了，有回他問一名美軍指揮官為何對一座平民村莊狂轟爛炸，讓它在砲火之下被夷為平地，居民無一生還，對方夷然答道：「為了拯救這個村莊，徹底毀滅它是必要的手段。」阿涅特就由這句話了解了越南戰爭與所有戰爭的真相。

（原刊於〈中華日報副刊〉，〈世界日報副刊〉轉載）

推開一扇病房的門

我沿著逐漸加多的號碼，走過一個又一個病房，鞋子踩在磨石子地板上，發出吱吱嘎嘎的聲音，經過大門敞開的病房時，儘量避免因著好奇而去探看裡面正發生著的一切。疾病與死亡隔鄰，病人是沒有聲音的，他們已無餘裕發言，他們也沒有太多的隱私權，一旦住進了醫院，整個的存在就被壓縮成一個病號或床號了。

我推開一扇病房的門。病床上的人緩緩睜開眼睛，輕輕握住我伸給他的手。他的眼中有淚，有隱藏不住的苦楚，這讓我的心不住沉落又飄浮，沒個去處。眼前這個生命正一點一點地死著，孤弱無助地躺在病榻上數著自己的日子，卻怕打擾這個世界，被當成個拖累，所有的孤獨與恐懼都得深埋在心底，留給自己一個人吞嚥，只有親情的環繞，像一件單衣，為他隔開幽冥地府吹來的一陣陣黑暗寒風。

病人這些年咳嗽時斷時續，直到去年冬天一個清晨，被一陣劇咳從夢中震醒，發現吐在潔白手帕裡的是一團暗紅色的血，伴隨著胸腔一陣陣絞痛，知道無法再漠視這個病了，趕忙到醫院去做檢驗，經醫生診斷是肺癌，立刻安排住院做開胸手術，卻發現癌細胞已廣泛轉移，只得關閉胸腔，進行化學治療與放射治療。

開胸手術把他的上半身居中剖開來，主刀醫生發現部分癌細胞從肺部潰爛處游走到整個胸腔，在腔內壞死，化成血水，手術中曾把受污染的臟器用雙氧水清洗了三遍。刀疤從頸根處一直拉到臍眼，縫針粗糙，間距又長，病人每一次呼吸與咳嗽，都要牽扯到這個血淋淋的巨創，麻醉藥漸次消失後，痛苦更形尖銳，使他浮腫的臉上竟還佈滿凹凸的咬筋。

這病爆發得突然，其勢洶洶，頓時成了他面前一條難以逾越的鴻溝，把他逐出了生活，扔給了一張病榻。偏癱床笫，受盡診療的折磨，無可逃避無可安慰的死亡鮮活地擺在眼前，心情抑鬱苦悶幾欲崩潰。他憤怒、悲傷，不願接受那個殘酷的現實，不斷地問「為什麼？」為什麼命運的屠刀偏偏揮向他？甚至拒絕醫護人員的接近，表現出所有病人的無理與昏聵。是的，要他一開始就順從如此荒悖的命運是一種撕心裂肺的大不公，這場病徹底動搖了他的人生根基，粉碎了他要同命運相和諧的任何幻想，他的乖戾與任性也不過更顯示了他在疾病摧殘下的弱小與無助罷了。

手術後頭幾天，他時睡時醒，沉沉昏睡時仍然沒有掙脫痛苦的糾纏，不斷從鼻孔哼氣，哼完了使勁咬牙，臉容頹喪猙獰。醒著的時刻更加難熬，死亡威脅帶來的心理壓力均勻又沉重地攤給每一分每一秒，總也沒有將息與結束。在這重嶂幽谷，冰雪長夜中，竟也沒有任何人任何事，可以為他驅走叫他寒至齒冷的死亡陰影。

病房裡鎮日滿盈盈的人，桌几與牆角堆滿了鮮花與營養品，然而面對這些人情世故的鋪排，他再也沒有餘情去檢驗與領受了。他仰臥著，偶爾費力睜開眼睛，紅紅的眼瞼夾著的混濁眼珠沒有任何表情，似乎對周圍的一切都很淡漠，對他自己的生死也很淡漠。枕畔聽得旁人呼喚，也只是微微點頭答應，好像不願被擾動，好像他在那種昏迷狀態中感到安適，決心把自己永遠禁錮在裡頭。

對於一個危臥病榻的人，人們只有絞盡腦汁粉飾他的病情，用一些言不及義的話來分散他的注意力，讓他不去專注於自己的病痛。這些仍然健康的人，日復一日沒心沒肺地活著，去吃、去喝、去奔走、去算計，直到面對一個徘徊在死亡門楣的人，才猛然發現生命的脆弱與有限，發現人是會死的，上焉者也許會有一番哲學的感悟，下焉者思慮的大概也不外是八字貴賤、陰陽凶吉那類有口無心的俗見而已。

從醫院回家休養後，他多少恢復了與生活的連繫。許多親戚朋友都來跟他提供偏方與調養方法，為了求生，再苦的藥他都肯吃，再荒唐的飲食調配他都願意遵循。也經常上郎中的惡當，花錢買下一堆形跡可疑的特效藥與祕符。還四處去禮佛，去膜拜，去許願，最低的希望是少受些痛苦，最高的希望是那病竟不藥而癒。都說危臥病榻難有無神論者，在醫學的茫然之點，在命運的混沌之處，人也只有向虛冥寄託一份虔誠的祈盼了。

有朋友捎了一盆石蓮到他床畔，讓他排遣病中的日夜，發現那葉片帶著霧玻璃光澤的仙人掌科植物會落地生根，他便小心摘下一片又一片葉子，移植到其他瓦盆裡，經常奮力支撐起病體去探視新株抽發的情形。那些石蓮沉默又從容地進行著生命的神奇歷程，他病榻上看著它一點一滴無痕的造化，驚訝之餘，很是後悔以前身體健朗時，沒懂得親近大自然，老跟身邊的人說起，要他那病還好得了，就要把工作交下去，快快退休，去找個山邊水涯養老，種一園花草，細看它們每一株晨昏和四季的變化。

在死亡寒光的籠罩下，他這個菲薄的心願顯得那麼遙不可及。有一回他說想去野柳吹海風，看地平線上的帆影。隔兩天他說他想吃從滿滿水霧的籠屜中拿出來的菜包子。老是後悔年輕的時候一心撲在工作上，錯失了幾個孩子的成長過程。也經常強撐著病體，打電話給親朋故舊，去澄清誤會，去和解，去再三緬懷一段往事的微節細末。經由這場病，他竟與人生生出了斬不斷的情緣，真是一念萌起，萬物生色，原來一個理所當然存在那裡的世界，眼看著它一步步漂移開了，才突然變成一個可親可感，可惘可悵的故鄉家園。

可這個時候，放射治療與化學治療已使他萎縮了一殼，他身上處處潰爛，加上內傷口斷續出血，早已無力自己下床。見他掙扎求生的辛酸與痛苦，希望的卑微與純真，連周遭最麻木的人也時受觸動，發現在人生的諸多「苦諦」中，擺蕩在生死兩端的身心病苦，竟是如此叫人懼怖，使得尾隨在後的死亡，更是難以逼視。

留院進行化學治療那回，走廊尾端的病房傳來一個女人的厲聲哭叫，接著是一陣雜沓的人聲與腳步聲，一張活動病床已被推到廊道上，床上嚴嚴罩著一條白被單，蒙住一個剛剛斷氣的病人的遺體，幾個白衣護士團團圍住死者，在家屬的簇擁下緩步前進。他夾在被堵塞在過道裡的人群之中，屏住呼吸，不敢移動腳步，似乎怕驚擾了白布下安息著的靈魂。一個令他心悸的念頭閃過腦際，他發現生命並不可靠，死亡卻很可靠，總等在那裡，這把他嚇壞了。那當兒一陣暈眩襲向他，一個護士見狀才把他攙扶回病房。啊，這具血肉之軀終究是凡胎俗骨，肉體包裹的心靈，是經受不起這種種無情的磕碰與撞擊的。事情過後久久，他的眼睛始終望著極目之外的空寂，萬念俱灰。

另一次恐怖的突然襲擊，發生在他一人獨自在家的時候。一列冗長又喧鬧的出殯隊伍從他窗臺下經過，十幾個樂手漫不經心吹打的哀樂，從擴音機傳出來的誦經聲浪，職業孝子孝女空洞的哭號，使他極度恐懼，因為他聯想到自己的死，聯想到自己的葬禮，腦中浮起入殮、哭喪、摔老貧、執花圈、送葬、攏土種種可哀可怖的細節。他摀住耳朵，躲入被窩下面，仍然沒躲過那飽含脅迫意味的噪音，只得驚慌地打電話想找個人來把他接走，可是辦公時段誰也抽不了身，誰也勻不出時間隔著電話線溫言開導他，碰了幾個軟釘子之後，他竟把電話撥到管區派出所，一聽見電話那頭人的聲音，竟破泣出聲，說他害怕，很害怕……他駿骨已凋，在病魔巨掌的覆蓋下，已退化成一個赤子，除了消極的掙扎與閃躲外，一無作為。

病倒七個多月後，他口腔潰爛，皮下滲白，白血球與血小板都降到最低極限，僅餘的心力剛剛夠他來領受肉體和心靈的雙重折磨。他髮動齒搖，視力模糊，放射線照過的皮膚一片焦黑，體重大幅下降，整個人虛弱得連呼吸都成了一種負擔，各種併發症一再把他送入醫院的急診處。

他身處生命的最邊陲地帶，可是對人世仍然戀戀難捨，他捨不下什麼呢？我將心比心替他核計，他捨不下晨昏相處的親人與朋友，捨不下不過問卻日日碰面的街坊，捨不下一代代人千吟百詠過的山水田園，還捨不下聽到城市在汽車引擎聲中緩緩甦醒時那種油然而生的心悸之感，捨不下面對陽光裡一草一木時，抑制不住的相知相與心情，所以願意忍受疾病本身及種種醫療帶來的煉獄般的折磨。

其實不必為他找理由，熱愛並留戀生命，是不需要理由的，因為人就活在其中，它自然就成了人的哲學原則與第一命令。而最令人難以忍受的，令人思之欲狂的，可能是死域的孤境，因為現代人的科學意識毫不留情地粉碎了任何溫暖的彼岸世界，使得墓室變得前所未有的寒冷，從而加重了人對死亡的恐懼。

他那盞生命之燈的油就要耗盡了，燈火昏暗而搖曳，隨時可能突然熄滅。但是在這最晦重的日子裡，他彷彿是在暗中盼望著奇蹟的出現，偶爾竟還問起攻克癌症的一些醫學技術的進展。他一點一滴地死著，可是求生的意志卻還那麼高，因為他還沒學會放下自己的生命。他周圍的人都知道不該單單為了延長生命而讓一個病重瀕死的人受盡折磨，也不該只是在等待那些遙遙難期的醫學新技術，而平白延長他吃苦受罪的過程，但是竟沒有一個人可以從容跟他談及如何面對死亡及身後事的準備。

他額上有著汗影，擱在氈子上的手掌時而抽動一下，大約在作夢，就像一隻獵犬，在瀕死前總會夢見從前追捕獵物時自己矯捷的身手。然後是一個艱辛的翻身動作，臉上再一次佈滿痛苦的咬筋。我看著他轉身面向牆壁，繼續往睡眠與昏迷的邊界陷落，聽到滿室空氣都飄浮著他的微鼾，感受到等待死亡的時間漫長如徒刑，感受到當命運與人攤牌時，一個致命的疾病就足以勾銷他一生的順境了。

審視一個病殘心靈的無數細節，窺見黑暗中某個角落的哭泣與觳觫，使我對這個病人及所有的病人生出了一種愛之如傷的深厚同情，於是想起了老子亙古的慨歎，「吾之有患，為吾有身，及吾無身，吾有何患。」我的傷心是物傷其類，也是一種自傷，因為我看到的是一個我今後也要經歷的過程，因為老、病、死是所有生靈的宿命。

（原刊於〈中國時報人間副刊〉）

輯三

阿麗絲學中文

阿麗絲是個中國迷。拿她學了十幾年的中文來說吧，在她看來就是世界上最該加以發揚的語言，她說歐洲語種都是字母組成，比中文容易學也比中文容易讀，可你從字母本身卻看不出什麼意思，不像中文既是符號也是圖畫，一個木是樹，兩個木是樹林，三個木是森林，邏輯性並不比歐洲語言差，更重要的是，它能望「形」生義。

還有，中文的信息載量大，你隨便拿起一本中英、中法或中西對照的書，都會發現中文比任何歐洲語言來得精簡，歐洲語言密密麻麻印上一整頁，可是作為參照的中文卻往往半頁不到就言盡意致了。中文也更美，帶著詩的純度與深度，你不妨試著想像一下這樣一幅美景：一個人在湖上泛舟，四周幽極靜絕，岸上開滿桃花，一陣風吹來，桃花紛紛落下，漂在水面上，這時中文只消用四個字，便能將這幅美景既詩意又精確地描繪出來——落英繽紛。其美如詩的語言。落英繽紛。

因為對這門語言及它背後那個古老文化的愛，這位畢業於法國高等師範學院，校友包括密特朗與沙特、西蒙波娃這類大政治家與大鴻儒的高材生，在離開校門後的十幾年時間從沒安定下來，三轉兩轉就轉上北京去，靠教法語來維持在當地的遊學生活，直到實在抵擋不了對法國棍子麵包與別具風味的乳酪的思念之情時，才悵悵然打點行李回到法國來，這時就反過來教中文為生。

北京當然以接納她這樣的外國留學生為榮，要知道過去西方國家專修中文的學生，都跑到美國、法國、澳大利亞這些地方學現代漢語與中國古典文學，因為全世界的人都把古老精深的中國文化和當代中國人民區分開來，抱持著「文化偉大，人民愚昧」的一偏之見，認為即使中國曾經產生了燦爛的文化，也與這一代中國人無關，這一代中國人甚至沒有能力去保存祖先的遺產，更不必說去研究它了。

西方對中國文化與中國人民的看法一直擺盪在完全肯定與完全否定的兩個極端，我想起阿麗絲那些邊喝咖啡邊編百科全書的祖先們，對中國也是一時肯定一時否定，其中又以伏爾泰式的肯定與盧梭式的否定最具代表性。聽聽伏爾泰口中的中國：「中國人在輕盈的竹簡上書寫，而加勒底人卻停留在粗糙的磚頭上面。中國人甚至保有用漆油防蛀的古代竹簡，這可能是全世界最古老的文獻。這個民族書寫時，一定是說理的……」可對中國的認識比伏爾泰更深入一些些的盧梭，卻用一種幾達詛咒的否定眼光看中國：「這個人口最多、最富盛名，也最美麗的民族，始終屈從在一小撮昏庸無能的文人手中，他們懦弱、虛偽、言之無物，思想貧乏，有頭腦但無天聰，在他們心中，堂皇的名稱要比實質內容重要，他們的一切道德都只是裝腔作勢。」不管是肯定與否定，這些高盧人都振振有詞，也都抓住扼要——我其美如斯又其陋如斯的祖國啊。

現在形勢又有了逆轉。中國大陸在國際政治與商貿方面的積極參與，再加上所謂的「筷子文化圈」經濟實力的不斷增加，還有目前正流行於歐美國家的「二十一世紀是環太平洋世紀」的說法，在在讓中文成為西方國家年輕一代心目中的熱門語種。不久前，法國發行量最大的右派報紙《費加洛報》，就有專文討論這個現象。執筆的記者以誇大但不失中肯的語調，描述中國闊佬們如何乘早班飛機降落哪個歐美大城市，掏出大把現金買廠房買別墅買大汽缸豪華座車，待把妻小安頓妥當，又起身登上當夜起飛的波音客機，趕去倫敦、雪梨、洛杉磯做買賣。這些飛來客用一摞摞的鈔票當敲門磚，敲開一扇扇白人世界的門，所到之處房地產價格隨之暴漲，最可怕的是，一群群香港移民，竟然把加拿大最宜人的一座城市「溫哥華」（Vancouver）活生生變成「香哥華」(Hongcouver)，更叫西方人不敢等閒看待這個黃皮膚的民族了。

嚴格來說，阿麗絲並沒正式接受中文的啟蒙教育，所以她這門學問便有些兒三腳貓。一開始學中文，她用的是一種很孩氣的方法，比如一口氣記下所有用木頭做的日常器物的名稱，這過程不時有意外之喜，眾所周知桌椅床櫥櫃都是木頭做的，理所當然帶個「木」字，叫她拍大腿稱奇的是，杯子不是木頭做的，所以「木」字旁明明白白寫個「不」字！「瞧瞧中文有多邏輯！」看她對我的母語如此由衷的欽服與崇敬，我也只能苟同了，作為一個受過高等教育的中國人，我哪會不知道咱們老祖宗用的杯子也是木頭做的，「不」字只是用於借音罷了。

有些字眼則直接給她十分形象的聯想，比如哭、笑、上、下、中、山、雨、傘等，記起來沒有太大的困難。就算一個字並不那麼「象形」，她也有辦法加以個性化，成為自己的獨門之悟。就拿「玩」這個一點也不「象形」的字來說，她把右半邊「元」的一撇比做滑梯，彎勾比做秋千，當她看到「玩」字時，就勾起兒時盪秋千與溜滑梯的美好回憶，便再也忘不了這個字了。就因為中文是一種「視覺語言」，不像歐洲拼音文字那樣經常靠嘴巴拼給耳朵聽，而是靠視覺強化記憶，所以她經年性地在自家門窗、桌椅、電視、冰箱、電話上面貼滿方塊字，用以備忘，認真執著的精神，總是叫我這個中國人深深感動。

對於中文這門通行於世界五分之一人口間的語言，在法國竟然被列為「稀有語種」，阿麗絲更是大大不平，她手上一份法蘭西學士院完成的世界語言分類目錄，就明明白白寫著，目前全世界使用中文的人口有十一億兩千三百萬，第二種通行的語言才是英語，使用人口甚至不到中文的一半，才四億七千萬。為了提倡學中文的風氣，她自願到有意開設中文課的中小學去義務講學，一面孜孜矻矻地繼續下苦功鑽研這門深奧的學問。有回讀魯迅的小說，讀到一句「這隻蚊子咬得我好不痛快」，跑來問我為什麼被蚊子咬還大叫痛快，我告訴她，痛快的是咬人的蚊子而不是被咬的人，她恍然若悟。本屆歐洲足球杯法國隊打敗義大利隊那回，她家訂的那份中文僑報，一會兒用「法國隊大敗義大利隊」，一會兒用「法國隊大勝義大利隊」來總結戰事，也讓她大感丈二金剛，怎麼也搞不清楚「大敗」與「大勝」這兩個反義辭，指的竟然是同一回事。

有些我認為極其簡單的口語表達，她卻始終掌握不好，比如我問她星期二那場演講她去聽了沒？她回答我：「我有了。」跟我約會時為遲到解釋，理所當然歸罪於「馬路很忙」。在法文中，公母、男女、雄雌、陽陰一概用“mâle”與“femelle”來說，她說中文時也就公母、男女、雄雌、陽陰不分，有回竟指著她家那隻小狗告訴到訪的中國朋友「這是一隻女狗」。她告訴我某某人看她不順眼，跟她擦肩而過時故意用手肘子捅她一下，我替那人申辯，說「他是不小心的」，她竟大聲駁斥我，「他是很小心的」。更難掌握的是四聲，這幾乎成了所有學中文的外國人共同的致命傷。每回與阿麗絲見面，她總是老遠就對著我大叫「真抱歉」，弄得我啼笑皆非，原來她把我的名字「鄭寶娟」唸走了音！我耐著性子一字字教她，我唸「鄭」，她跟著唸「真」，經糾正後變成「鎮」，再次糾正之後成了「強」；我唸「寶」，她先「泡」後「抱」；我唸「娟」，第一次她唸「轉」，第二次唸「川」，第三次則成了「竄」，我只好趕快給自己取個法文名字。每回見她跟中國人握手寒暄時，大大方方地說道「恨歌星扔死你」（很高興認識你），謝別人誇獎她中文說得很好時一再重複「果醬、果醬」（過獎、過獎），我就得強行抑制自己爆笑出聲，免得傷了這位忠誠的中國之友的自尊心，不由得想起法文形容某人某事深奧難解時，慣用的表達

"c' est du chinois pour moi"（這於我如同中文）。是啊，如此執著於這門比天高比海深的學問，我們除了喝采再喝采外，還能苛求嗎？

（原刊於〈人間福報〉）

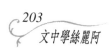

中國婆婆

小王是阿麗絲在北京教法語的私塾班裡，那個最白皙最健碩最英俊的男生，後來跟阿麗絲辦了結婚手續，順利來到法國，又很爭氣地拿到一紙理工博士文憑，很爭氣地在一所工技學院掙得一份副教授的差事。在小王把一個小家庭安置妥當之後，首先想到的是反哺親恩，把北京的寡母接到法國過一段舒心的日子，一點也沒有想到自此會夾在中國婆婆與法國媳婦之間，動輒得咎，裡外不是。

阿麗絲與中國婆婆在北京就有同居的經驗，原來兩人公證結婚後，阿麗絲便隨丈夫搬入夫家那個胡同裡的大雜院去住。大雜院裡上有婆婆下有小姑小叔，一跨出自家門檻，立即面對了錯綜複雜的六親七朋，可說深深體會了中國式的人情世故，在她看來，深受庶民文化之浸染這層，是她學習中文的得天獨厚之處。她曾不止一回用一種充滿嚮往的口吻告訴我，她如何與婆婆在公用水龍頭邊等著刷牙，如何穿著木拖板在弄堂裡揀菜，如何帶著半片西瓜到公園邊乘涼邊啃，還背婆婆一字一句教會她的打油詩給我聽：「穿木拖板，拎拎小菜籃，吃吃茶淘飯，打打帝修反。」我順著她的眼光回顧她在北京那一段日子，也感覺裡頭有種真摯與和諧的家常味兒。

她對中國的落後與貧窮一點也沒有看不起的意思，甚至還隱隱有幾分欣羨哩。我們一起出遊，開車上路之前她忙著查地圖，我越過她的肩膀看到地圖上省幹道、國家公路與高速公路在法國這個六角國上織出一張密密麻麻的網絡，簡直沒有車子到不了的角落，羨慕地說：「妳看妳的國家多進步，該建設的都建設了。」她停止查閱地圖，轉過頭來對我翻白眼，說：「該建設的都建設了，所以我們這一代人覺得自己很多餘，覺得這個國家並不需要我們。不像中國人，從前可以去北大荒，現在可以上大西部。」

根據她片段又零碎的描述，我慢慢拼湊出她在北京的生活面貌。她騎腳踏車到處去看熱鬧，最喜歡吃路邊攤，告訴我，「其實人的胃腸並不是真的那麼嬌貴」，這是她吃路邊攤吃出來的結論，「吃了就拉，拉了再吃，多吃幾次就習慣了。」有段時間我們城裡這些中國人經常聚在一起做中國菜吃，她幾乎是有傳必到，還是唯一一個願意把剩菜剩飯打包回家的人，因為在她看來，世界上也只有中國菜適合回鍋，而且回鍋的次數越多就越入味。小王也樂意參加中國人小圈子的餐聚，因為「阿麗絲該用的材料與該加的調味料一樣也沒少，可不知道為什麼她煮出來的中國菜味道總是不對勁」。為此小王常常有「飯不飯、菜不菜、家不家、國不國」之嘆。現在可好了，中國婆婆馬上就要到法國來與他們共同生活了，親情的慰藉不說，首先一家人就可以吃得好些正統些。由他們一再跟大夥宣告這個好消息看來，那個小家庭對長輩的到來確實充滿期待之情。

可北京婆婆來到巴黎後，卻處處與洋媳婦不合拍。老太太珠瑙積累的那三十五公斤土特產看在阿麗絲眼中，簡直就是一堆垃圾。給兩個小孩買的幾十件衣服土裡土氣又花裡花俏，給孩子穿上這樣的衣服，她在街坊面前簡直顏面盡失。那些用味精與醬油醃製出來的豬肉乾與牛肉乾，吃了不中毒也會得癌症。幾聽茶葉沖出來的茶水是濁黃色的，裡頭帶著一趟又一趟的中國沙塵。既治病又補身的中藥材在她看來也形跡可疑。阿麗絲在婆婆獻寶似地從大皮箱搬出這些東西時，臉色越來越難看，最後終於甩出了兩句話來：

「這些東西在法國根本用不著，如果妳沒有人可送，就全扔了。」

中國婆婆一下飛機就受到這麼大的打擊，立刻病了。最可恨的是，阿麗絲本來中國話說得挺溜，當著她的面和兒子孫子說話偏偏要用法語，分明存心把她隔離在交談之外。兩個孩子都有中國名字，可一律洋名稱呼，連一個中國土生土長的兒子也成了維克多王。病了半個多月後，倒也慢慢適應了法國水土，但是阿麗絲不給她順心日子過，她要把三歲多的小孫子抱到她床上一起睡，在床頭卻給做母親的劫了回去，說大人小孩一床睡不衛生，好像她身上帶著什麼病似的。有時她要帶兩個孫子上社區公園去，花了半天功夫給他們穿戴整齊，到了門口，做媽媽的突然看孩子那身打扮不順眼，說那種衝突色的配法使人乍見生悸，硬是剝下孩子身上的衣服，自己再從頭組合一遍。

和我見過幾次面處熟了後，王媽媽總算找到一個訴苦的對象。阿麗絲在北京時不是這樣的，什麼東西在她眼中都好都有趣，原來都是偽裝出來的，因為當時她是寄人籬下，現在輪到我來寄人籬下了，她可沒有少挑我毛病少找我麻煩，這個外國女人果然虛偽、現實、無情。她抓住我的手，癡癡看我，說，小鄭，妳婆婆真有福氣，得了妳這麼一個明理的臺灣媳婦，教人羨慕死了。對她強迫中獎的讚美，我感到窘迫，卻不敢有一句忤逆的話，眼前這個中國老太婆身上有種非要人依她不可的固執勁兒，我想也只有阿麗絲那個法國人只講原則不講情面的作風才應付得了。

有一天王媽媽來通電話，氣急敗壞地要我過去替她主持公道，原來八歲的大孫子學校要他交份美勞作品，做祖母的看他忙半天搞不出什麼名堂來，就自己動手用火柴盒為他糊了一個紙房子。阿麗絲這下火大了，把那個紙糊的房子摔在地上，用腳踩個粉碎。我到的時候王媽媽正直挺挺地坐在客廳沙發椅裡，眼中閃著怨憤和委屈的光，小王則低頭坐在她身邊，在妻子與母親之間，不知要站在哪一邊才好。對於扮演和事佬的角色，我是既無天分也沒興趣，到廚房去跟阿麗絲閒聊幾句便告辭了。

幾天之後，中國婆婆突然失蹤了。阿麗絲嚇壞了，老太太在法國舉目無親，因為不通法文所以是個如假包換的文盲加啞巴，這麼一個人能有什麼地方可去呢？如果不是出走，那就更加叵測了。她第一個想到的人是我，事先電話也沒打便開著車子闖上門，大概怕萬一老太太真在我這兒，聽到她要趕過來會再轉移藏匿地點。發現婆婆不在我那兒，她竟急得哭了，告訴我她已開著車子在他們家那一帶轉了兩天，大街小巷一吋吋地找，而且還報了警。她不是不愛她婆婆，不，剛好相反，她很愛，想著自此婆媳要天長地久生活在一起，最好一開始就把共同生活的一些守則說清楚，沒想到婆婆會負這麼大的氣鬧出走。

小王更急，礙於面子而不敢打越洋電話回北京親友那兒問母親的行蹤，只得天天打電話給法國出入境管理局和失蹤人口協尋中心。他電話中告訴我，阿麗絲並不是那種會苛待長輩的人，只因輕信了一本法國人寫的書，說什麼西方與東方相遇時，「入境隨俗」是相處的最高指導原則，從前她自己人在北京時，也就處處依北京人的行為準則做人做事，現在他母親住到法國來了，在阿麗絲看來，自然也得入其境問其俗，不該讓整個法國去適應一個中國老太婆，所以阿麗絲便由語言著手，訓練婆婆融入法國社會。這套理論聽起來挺入情入理，可惜在他母親身上行不通，更萬萬沒想到會演變成老人家負氣出走。

又過了一個多月，我突然接到老太太的電話，隔著電話線她興高采烈地告訴我，她從兒子家訂的那份僑報上看到一個小廣告，到一個同鄉家裡去當保母，代為照顧一個半身不遂的老先生，管吃管住外，一個月還淨拿四千法郎，工作很輕鬆，雇主一家也沒有把她當外人，薪水是她在北京退休前工資的二十倍，她自覺挺能幹挺得意……。我告訴她，她媳婦為了找她差不多把大巴黎翻了個遍，急得眼淚都出來了，她兒子深覺對母親不起，說如果妻子與母親非得二選一，他是寧可捨妻子要母親。老太太還沒把話聽完，便在電話線另一頭稀里嘩啦哭出來。我知道她流的是快樂的眼淚，畢竟她的中國兒子與法國媳婦還是愛她需要她的。

（原刊於〈人間福報〉）

法國狗痴

在已熱鬧收場的「韓日世足杯」賽事期間，雖然韓國政府礙於國際輿論，對於一向備受全世界爭議的韓國狗肉餐保持低調，可是很多民間團體卻不惜大觸愛狗的西方人的逆鱗，乘機大肆宣傳狗肉文化，還特地辦起狗肉宴席，策略性地請一些外國球員與記者品嚐。對於韓國人的此番作為，國內有學者為文大加讚揚，認為當全世界都在「西方邏輯」下運轉時，韓國人竟敢逆勢操作，勿寧是種民族風骨的表現，值得師法。

在報上讀到韓國人大辦狗肉宴席的消息時，法國某家專做寵物大餐的廠商適巧推出一種新風味的狗食罐頭，大幅廣告貼滿巴黎的大街小巷，向愛狗的人士報告了一個大好消息，宣稱自此犬兒們不必再吃一團團面貌模糊形跡可疑的肉泥了，該公司新推出的寵物大餐，可在用餐時間給牠們一個驚喜，牠們可以吃到肉醬通心粉或白汁魚柳等佳餚美味。畫面中那隻英國牧羊犬眼前那盤義大利美食，看著色香味俱全，連我這個靈長類動物都食指大動，這才發現狗在法國受到的是人的待遇，又連帶想到，一個把狗當人愛的社會，比起一個吃狗的社會，實在是可愛多了，無法理解何以會有同胞把韓國人拿「人類最好的朋友」來下鍋的醜聞當佳話，並把這種野蠻行徑提升到「拒外反霸」的高度，心想這種不分青紅皂白「為反而反」的思考方式，才分外暴露了「二等國」國民的狹隘心態。

還沒住到法國之前，就聽聞法國人是全世界最愛狗的民族，說法國人上高級餐館時也帶狗兒同行，侍者會殷勤地為他的愛畜準備一張加高的椅子，帶孩子同行則不會特別受優待。直到長居法蘭西大地之後，才真正深刻體會到法國式的狗痴精神，養狗的人家無不把這方神聖當成家庭成員，與之同桌而食同榻而眠，與之接吻、擁抱、訴衷腸，為了牠們的身心健康，還不時帶牠們上美容院、寵物醫院、寵物心理門診，所花的心力與金錢，幾乎與養孩子沒有兩樣，看在我這個「把畜牲當畜牲」的中國人眼中，經常要有孟子所謂的「率獸食人」之歎。

就拿狗食品來說吧，我雖然不養狗，但曾經多回被出遠門的朋友託管他們的寶貝狗兒，對寵物食品多少有些研究，發現這個市場與人類食品市場一樣搏殺激烈，品目也一樣繁多，而且每隔一、兩個月便會出現新品牌新口味。有個叫 Eukanuba 的牌子，專走高價位路線，聲稱以純粹美國羊肉、糙米和特種礦物製成，特別適合皮膚過敏或有腸胃病的成年犬隻食用。另一個牌子則強調是以戶外散養的「農莊雞」雞肉製成，保證不含激素與抗生素的殘餘物，也沒有雞頭雞腳雞內臟的成分。還有一種 Hill's 牌的所謂 Science Diet，是來自美國的科學化配方「健康餐」，專為預防狗兒的糖尿病而調製，必須由獸醫開處方才買得到，這個牌子還以它的減肥餐而聞名哩。

我曾約略計算過養一隻大型狗的每月平均開支，除了狗罐頭、新鮮肉頭肉尾，還有添加各種維他命的狗餅乾，沒有一百歐元（約三千元臺幣）過不了關。再加上狗床狗屋、狗玩具、狗服裝、狗理容、狗託兒……還得再追加四、五十歐元的雜費才成。這使我想起一代梟雄曹操心目中的理想社會，「民無爭訟，三年耕有九年儲，倉穀滿盈……恩澤廣及草木昆蟲。」看來法國的牲畜之所以如此受嬌寵，想必是拜法國社會的「倉穀滿盈」之所賜。

法國人對寵物精神上的平等相待，又比物質上的慷慨施予更令人印象深刻，他們養的鳥兒、貓兒、狗兒非但有正名，也有各種暱稱，牠們的飽暖、情緒、健康也處處受到細微的關照。我認識的一位漢學家，家中養了三隻貓、一隻狗、一隻天竺鼠、一籠雀鳥，活脫脫一座動物園。那隻大狗受慣主人的愛寵，以為全世界都會如此待遇牠，逢上客人登門時，總把自己塞入人家懷中蹭來蹭去，見人家對牠不感興趣，就用一雙哀怨的眼睛癡癡盯著人家看。主婦下廚的時候，那狗兒子便蹓進廚房揩油，不是叼走一塊切好的肉，就是在做好的菜上舔幾口，主婦嬌聲嬌氣地叱喝牠幾句也就了事。他們家的絨布沙發和木樓梯上鋪的地毯，處處是狗兒子發癲時留下的五爪抓痕，名貴的瓷器也在牠滿屋子橫衝直撞時紛紛玉碎瓦解，可夫婦倆卻不以為忤，經年性地任之由之，如此受寬容，在我看來，也只有兩歲以下不解世事的黃口小兒才享受得到的特權。

對於狗兒子的種種破壞行為，做主人無不充滿護短心理。原來那是一隻流浪狗，捕野犬的清潔大隊在街頭逮住牠時，漢學家恰好目擊了，大大動了惻隱之心，費了一番周折把牠認領回家，因為被捕一星期之後還沒失主去認領的狗隻，如果又不巧染了病，最終的命運就是安樂死一途了。成了家狗後，牠仍然丟不掉流浪街頭時染上的種種惡習，人來瘋是一例，隨地便溺又是一例。可能是落難街頭的凍餒經歷使牠本能地缺乏安全感，牠在溫飽無虞的歲月裡，對食物仍然有著無限度的慾求，非但要填滿胃腸，還要未雨綢繆，給牠的食物有一大半會叨著去尋個隱密的處所藏匿起來，結果漢學家夫婦便老是在衣櫃裡、唱機後、地毯下找到吃剩的生肉和沒啃乾淨的骨頭。而對那隻大笨狗的種種惡行劣跡，女主人正要發火時，男主人總是適時出言聲援：「想想看，牠以前在街頭吃了那麼多苦頭，過的是有這一餐沒下一餐的日子，自然會比別的狗兒多了些憂患意識，妳何必跟那個可憐的小東西計較？」聽到這裡，我們幾位做客人的都笑了，因為我們早已聽聞那隻老狗被認養入門已整整十二個年頭，當真有流浪街頭的苦難回憶的話，理該也在湮遠的歲月中瀰散了，牠缺的不是憂患意識，而是一點規矩罷了。

漢學家對他家那隻老狗的愛，可不是什麼特例，一般養狗的法國人泰半也是如此寵溺家中的動物伴侶，而這種寬容甚至縱容，早已形成一種普遍的社會風氣了。眾所周知，法國人養護美麗的草坪，是為了方便境內跟人口一樣繁多的狗兒大小解用的；乍到巴黎的外國人往往為花都鑽石地段上處處可見的狗大便而咋舌不已，不明白何以愛美愛繁縟的法蘭西民族，竟然能忍受在自家門面上綴滿臭氣薰天的狗糞，他們不了解，狗這種動物在法國已然是種「聖獸」，在這個人際關係日益疏離的後工業社會裡，已一步步取代子女、親戚、朋友的存在功能，全面性地滿足了人們需要愛與被愛、依賴與被依賴、信任與被信任的情感需求。跟人不一樣的是，這號生靈沒有差別心與勢利眼，對上智下愚對富貴或貧寒，都一概報以忠誠與依戀，所以很多心理醫生都將之列為重要處方，用以治療自閉、孤僻、我執、厭世等種種心理疾病。

回頭再說韓國人吃狗肉的這個火爆話題。在漢城或仁川親眼目擊韓國人宰狗並大啖狗肉的實況後，法國狗痴們受的精神刺激不小，回國後對著各路媒體大罵韓國人雖然能造價廉物美的汽車與電器，可教養方面卻不如蠻荒時代的野人，因為人類把狗類馴養成狩獵與農牧的幫手已有一萬多年時間了，狗兒們除了不會說人話外，早已成了與人類聲息相通、互惠共生的親密生活伴侶，狠得下心吃這種可親又可愛的動物，絕不像韓國人宣稱的那樣，「只是種習慣問題」，相反的，是「缺乏最起碼的生命通感」，在法國人眼中，自然禽獸不如了。

（原刊於《中國時報人間副刊》）

家事好像癌細胞

妳又蹲跪在那兒抹地了，瞧妳把自己累成那德性！妳說抹地板就像在給家洗臉，給它以愛以尊嚴，這些我都同意，可是妳也不能抹亮了家的臉，卻抹黃了自己的臉呀！妳整天跟拖把和抹布泡在一起，久而久之就變得沒氣質沒情調沒學問，遲早要落得個先生不疼孩子不愛了。

說到妳先生，我可要大大替妳抱不平了。妳先生跟所有從不做家事的男人一樣，認為現代主婦的工作都由各種家用電器包辦了，買洗衣機給妳，意味著妳就不必洗衣服；買洗碗機給妳，妳就不必洗碗；家裡有了電鍋、烤箱、微波爐，妳就不必再煮飯；有了吸塵器，從此妳也不必再掃地；看不到妳每天從早晨七點忙到晚上十點，常常累得一心只想快快把自己攤平，與床卻咫尺有若天涯，中間總是隔著妳自己和兩個小孩一共三個待洗的身體。

再回頭說電器，那類玩意兒雖然比較節省力氣，但是它會製造噪音，會漏電，有輻射線，而且報上常常有登，某位女士在家吸地氈時，低頭撿玩具，一不小心長髮被捲進機器裡！這不是盛世危言，會把頭髮連同半張頭皮捲下來的機器，我還可以舉出半打以上哩。

而且性能複雜一點的電器，總是附帶一本用五種語文書寫、重達兩公斤以上的使用手冊，假如妳當真讀得通它，並且學會「正確」操作那撈什子的高科技產品，妳早就到哈佛或普林斯頓去深造了，還會在那兒充當一名冠主人姓氏的家僕嗎？

因為沒有薪水可領，妳就以為妳的工作無足輕重。告訴妳，美國一項研究調查指出，一個四口之家的主婦一年的勞動價值，以市價計算，至少要值五萬八千美元。這筆原該屬於妳的薪津，妳卻連聽都沒聽說過！而且妳還不能請病假鬧罷工要求勞資談判或舉著大旗去搞街頭運動。

家事好像癌細胞那樣在屋子裡每個角落不停地繁殖，妳偶爾抱怨兩句，就會換來妳先生一陣搶白，「我媽媽養了六個孩子，還要跟男人一起下田，她都對付過去了，妳只有兩個孩子，又不用上班，妳還有什麼好抱怨的？」幾句錚錚鐵語，總是堵得妳啞口無言。

錯了，他跟妳都錯了，他媽媽那六個孩子，是他老家那個兩進三合院裡三親六戚幾十個人一起拉拔長大的，而且男孩子才走穩步子，就會到小店打醬油，女孩子還沒進小學，就成了家裡的灶下婢；有了六個孩子，就等於有了六雙幫手，所以他媽媽才敢一個接一個生哩。

妳的辛勞沒人知道也沒人同情，偶爾填表格呀，妳也會毫不遲疑地在「職業」一欄下面填個「無」字，理所當然當自己是個吃閒飯的！因為沒有上班時間，妳就「白天黑夜連軸轉」，沒完沒了地幹，忘了生活中還有許多比做家事有趣多多的事兒。

現在試試扔了掃帚和抹布，把自己往沙發椅或彈簧床一橫，離地一尺四腳朝天，高出擾擾攘攘的紅塵，這時再來一杯茉莉花茶，翻翻散文小說，聽一曲巴洛克，寫兩首哲理詩，讓妳自己的生活來個變奏……妳是不是發現自己身心舒展得很？

再說休息本來就是天賦人權，耶和華在西奈山上向摩西傳十誡，第四誡就是「星期天必須休息」，並且將之定為聖日，祂還下令，凡是在休息的聖日工作者，一概格殺勿論。勞動後的休息，就如同創世第七日的上帝一樣，這時我們最像一個神。現在既然沒有一個全知全能的上帝來向我們下誡令，我們勞動時就得自己節制，免得犯天怒。

還有，做每件事情，每一次就要用正確的方法做，以便節省時間與力氣，這兒我就把多年主婦生涯積攢下來的一些做家事的心得傳授給妳：

——窗玻璃大可不必去擦它，加一層白紗窗簾，既羅曼蒂克又能遮醜；再說一扇不太潔淨的窗子也有好處，它時時提醒我們該走到戶外去，而大自然是不用拭擦的。

——地板不管是磨石子或鋪條木，清理起來都很費功夫，得又掃又抹又上蠟，不如鋪地氈來得淨心。地氈的缺點是藏污納垢，但是妳也可以把它的缺點當成優點，因為它吸了沒吸，肉眼幾乎看不出差別，所以選地氈時千萬不能來個米色或白色或水藍色的，「故做純潔狀」，否則妳就甭想任著性子踐踏它了，聽說過「瘟鼠灰」和「糞便綠」這類顏色嗎？

——家中的所有櫥呀櫃呀架呀槅呀，一律裝上玻璃門，玻璃門一關，從此與灰塵絕緣。如果怕玻璃蒙塵一覽無遺有礙觀瞻，那麼一律換上霧玻璃了得。

——千萬不要為了「玩物喪志」，而在屋子擺上一大堆裝飾品，這類小玩意兒，除了招惹灰塵，沒有其他用途，非創造個性空間不可的話，就貼幾張文化海報。

——假如妳和胡適一樣「愛熱鬧、怕麻煩」，這也不妨礙妳天天在家開派對。妳可以主辦美式「一人一菜」的餐聚活動，讓應邀的客人一人帶一道菜來府上食物交流，切記讓他們也自備餐具，飯後一人發給他們一口塑膠袋，讓他們把髒碗盤帶回家再清理。

——被迫跟長輩同住時，一定要堅持跟自己媽媽住，那無疑得了個不支薪的全天候家僕，妳也可以再過「第二度童年」。婆婆那種人同居不得，通常一個女人當了婆婆，就變成那種理所當然飯來張口茶來伸手的怪物，而且還是妳「德智體群四育的嚴格評分者。

——養蘭養魚養貓，不如養隻茶杯或養隻茶壺，養茶杯或茶壺，既不需要澆水施肥除草翻土，也不用三更半夜去敲獸醫診所的門。

——千萬千萬不能養小孩，小孩是那種全天候的磨人精，只要來上一個，妳的家務事就會增加一百倍以上！

——萬一小孩已經來了，切記讓他們站在浴缸裡吃糖果、餅乾、冰淇淋和一日三餐。小孩站在浴缸裡吃東西，一不能東奔西竄，二不會東摸西碰，三腿很快就會發酸，所以吃的速度就會加快，絕對不會污染環境。吃完東西，拍拍小孩，再用蓮蓬頭把浴缸缸底的食物殘渣一沖就可。

（原刊於〈聯合報副刊〉，〈世界日報副刊〉轉載）

兒語錄

我先生襯衫領帶西裝風衣打扮起來，整飭中帶著層次感，再抓起那口〇〇七手提箱，準備去參加工程師學會的年會。我們那個六歲大的兒子欣羨地望著他，下了個結論：「爸爸今天很帥，像政府。」我思考著這孩子腦中「政府」的概念從何而來，記起每回催他定時上床，早晚刷牙，多吃蔬菜，他質問我為什麼，我總是挾權威當局以自重：「政府規定的。」

從此每回先生盛裝以出時，我便戲稱他「政府」。有一天我在書房裡看書，三歲半大的阿二跑進來報告：「政府回來了。」我趕忙下廚張羅晚餐，準備就緒，便吩咐阿二：「去叫政府來吃飯。」阿二一股小旋風般捲了出去，一分鐘不到又旋進來：「政府又變成一個人了。」原來他爸爸已把那身外出的行頭換成居家便服了。

像政府之外，做爸爸的還經常像點別的什麼東西。有回他反剪雙手，叉開兩腿，查看牆上的月曆牌，阿大有個大驚喜：「爸爸像艾菲爾鐵塔。」說著從他胯下鑽過去，然後得意宣告：「我去艾菲爾鐵塔玩回來了。」

阿大是個嚴肅的孩子，凡事刨根究柢，每天都要扔給我一串「為什麼」。「為什麼人們要養狗狗？」我答：「狗狗很有用，給人看門，警察養的狗狗還會抓壞人。」「那麼人們為什麼養貓咪？」「貓咪不會工作，頂多只能供人欣賞。」隔幾天我要他幫忙整理鞋櫃裡鹹魚乾般堆在一起的鞋子，他一邊工作一邊評論道：「我像狗狗，很有用，可以幫你們工作。弟弟像貓咪，不會工作，只是供人欣賞用的。」

這阿大兩、三歲上頭，習慣把任何有生命無生命的東西統統換算成我們這個四口之家的成員，四個杯子，他會依照大小，長幼有序地指出它們各自的身分：「他爸爸，他媽媽，他哥哥，他弟弟。」奇就奇在於，這個「他」對應出每個角色的關係，但本身並不存在。看動物影片時，畫面出現一隻公老虎，他就介紹：「他爸爸。」出現一隻母老虎，他跟著介紹：「他媽媽。」公老虎母老虎膝下毛球般滾來滾去的那隻小老虎，自然是「他哥哥」了。

跟所有的孩子一樣，阿大也是個「真小人」，通體透明理直氣壯的自私自利。動物影片中的公羚羊與母羚羊帶著兩隻小羚羊在岩石上奔躍，其中一隻小羚羊掉到山溝裡去了，他馬上驚聲叫道：「他弟弟滾到山下去了！」

在阿大三歲以前，旁人總是不太聽得懂他說的話，只要他一開口，我就得在一邊進行同步翻譯。他說：「虎床呼牛奶。」我翻譯成：「起床喝牛奶。」他說：「好的怕。」我翻譯成：「好可怕。」他說：「敖老虎。」我翻譯成：「小老虎。」他說：「好翁明。」我翻譯成：「好聰明。」他說：「我有雞雞雞明。」我翻譯成：「我有自知之明。」因為他是我教出來的嘛。

後來他弟弟出生了，一歲上頭牙牙學語，他反倒成了我跟他弟弟之間的翻譯，因為他弟弟是他教出來的嘛。弟弟說：「啊——啊——」他翻譯成：「想要吃東西了。」他跟弟弟講話，就用弟弟的語彙，催弟弟快快把東西吃掉時，他會說：「你快啊啊掉。」他教他弟弟享受食物的美味，示範一個口齒生津的老饕表情，又打了個比方：「就像貓咪吃魚一樣。」後來他催弟弟吃東西，就改口說：「你快妙妙掉。」

有一天我用嬰兒車推著阿二出門，後面跟著阿大，經過一個停車場時，阿二突然比手畫腳叫嚷起來：「阿啦啦啦啦爛的——阿啦啦啦啦爛的——」我見他那麼激動，便問阿大他弟弟在嚷些什麼，阿大指著停車場裡一部被撞得面目全非的車子給我看，說：「弟弟說，那個車車，破、破、爛、爛、的。」

阿大長阿二兩歲半，當阿二的小老師綽綽有餘。他指一隻在半空中飛的蟲子給弟弟看：「那是一隻蚊子。」另外一天，屋子裡又飛進來一隻蟲子，他又跟弟弟介紹：「那是一隻蒼蠅。」隔不久，阿二指著一隻在半空嗡嗡飛著的蟲子問他哥哥：「那隻蚊子是隻蒼蠅嗎？」

阿二學講話的當兒，也學習擺脫紙尿片，自己坐小馬桶。一開始他對坐小馬桶有著莫名其妙的恐懼，大解小解時總是要緊緊抓著我的手，對我這自然不是一件賞心悅目的好差事，我難免有怨言，總是故意皺著鼻子抱怨：「你大大好臭，我不想嗅，你卻叫我嗅。」一段時間以後，他總算於心不忍，放我走了，改帶他心愛的火柴盒小汽車去陪他，有這麼一回，我見他邊坐馬桶邊把玩小車車，自言自語道：「沒關係，車車沒鼻子，不會臭。」

阿大四歲時開始學中文的讀與寫，經常教我用另一種眼光看祖國美麗的象形文字。

寫「爬」字的時候，他說「像在溜滑梯」，他發現美麗的「麗」，是個「大眼妹」，「只」字對他很簡單，「我只要畫個小電視就可以了。」寫「田」字時很快樂，因為把兩個田字並在一起，就變成一個法國人街頭買來邊走邊吃的蜂窩餅。

有一天他從書架裡翻出一本我寫的小說集，瞪大眼睛望著印在封面底的我的彩色玉照，扯著嗓子大聲喊道：「媽媽快來看！妳是發生在書裡的故事！」

操勞的母親的生涯像汪洋大海，回頭無岸，幸虧處處充滿著美麗的小浪花，讓我撲在裡頭打滾兒其樂無比。

（原刊於〈聯合報副刊〉，〈世界日報〉轉載）

鄭寶娟作品

200 再回首

十四闋真摯又清明的人性抒情，寫尋常人、正常人命中的乖舛時刻，將所有的悲哀與缺憾都放在心上，反覆加以掂量與撫觸……。誰說小說都只是風花雪月、不食人間煙火的夢幻？作者藉著細膩的感觸、流暢的敘述筆力，結構出人生各個層面的真情實感；正因這份真實，讓人感歎紅塵種種的可貴與無奈。

161 抒情時代——「他們」及三個短篇

「戀愛中的女孩子會有的小動作，阿良全都有，她開始幫卡夫卡洗衣服、縫被子、送維他命與全脂奶粉，然後有事沒事，就用那雙迷迷瞪瞪的大眼睛瞅著卡夫卡……」在平淡無奇的生活中，你可曾留意生命中點點滴滴的不平凡？作者以其平實的筆觸，刻劃出看似平凡卻令人難以遺忘的人生軌跡。

142 遠方的戰爭

當地理上應該是遠方的戰爭，而我們已能同步掌握其狀況時，地球村的思維方式已不是口號，而是現實。以更宏大的視野看待這世界，以更深入的態度反省既存的觀念，將曾經事不關己的遠方納入思維，於是你會發現心可以更寬廣，生活也會更豐富。

文學的三民叢刊

257 時還讀我書　孫　震

「少年易老學難成，一寸光陰不可輕。」「他鄉生白髮，舊國見青山。」「相見亦無事，不來常念君！」作者以髮上青春的墨色，談人生點滴、敘還鄉情怯、言師友交誼，留下了扉間歲月的字跡。

255 扛一棵樹回家　洪淑苓

她曾扛著一棵的「樹」回家，只為了給孩子驚喜；也曾充當檳榔小妹、剝荔枝的童工；與致來時，跟著黑膠唱片唱群星會、跳阿哥哥。這些篇章交織「五年級」世代的童年往事，展現慷慨熱情、認真打拼的人生態度。品味洪淑苓的散文，總讓人心裡不自覺泛起美好的漣漪，童年、親情、愛情與生活點滴一幕幕翩然迎來，動人心懷。

248 南十字星下的月色　張至璋

只有在南半球看得到的南十字星，指引航海人方向。兩百多年前，英人在他的指引下，來到澳洲這個古大陸。兩百年後，華人從世界各地，移居到這個心目中的天堂。張至璋以在南十字星下發生的故事，反映若干海外移民現象。外國的月亮圓嗎？這是多數人心中的迷思；「香格里拉」是在南十字星的星空下？還是在我們的心中？

科學的三民叢刊

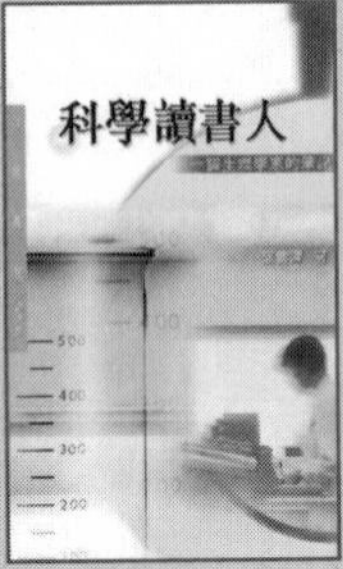

275 科學讀書人——一個生理學家的筆記　潘震澤

生理醫學是發展極為快速的學問，不僅解決了許多醫療上的難題，甚至得以一窺人體生命的奧祕。科學與文學、藝術並無不同，都是人類最精緻的思想及行動表現。作者為生理學者，在從事科學研究工作之餘，致力於科學知識的推廣，並對科學與文化的現象提出了獨到的看法。讓讀者輕鬆進入科學的世界，欣賞豐富的知識內涵。

176 兩極紀實　位夢華

想親臨兩極之地恐怕不是件易事，而作者因從事研究工作之便，足跨兩極，寫下科學散文和考察隨筆，不僅生動地記述了兩極的自然景觀、風土人情，而且還以深沉關懷的筆調道出自身的體悟。

102 牛頓來訪　石家興

除了忙碌於科學的研究工作之外，科學家也有人情人文的一面，石家興用文字記錄了他的感觸，也讓讀者分享到科學家的樂趣和情懷。主題雖然不離作者的科學本行，讀者卻不難感受到科學的人情面，「畢竟科學家也是人」，這是作者常愛說的一句話。

國家圖書館出版品預行編目資料

無苔的花園／鄭寶娟著.－－初版一刷.－－臺北市；
三民，2003
面；　公分－－(三民叢刊:247)

ISBN 957-14-3812-X　(平裝)

855　　92011741

網路書店位址　http://www.sanmin.com.tw

© 無苔的花園

著作人　鄭寶娟
發行人　劉振強
著作財產權人　三民書局股份有限公司
臺北市復興北路386號
發行所　三民書局股份有限公司
地址／臺北市復興北路386號
電話／(02)25006600
郵撥／0009998-5
印刷所　三民書局股份有限公司
門市部　復北店／臺北市復興北路386號
重南店／臺北市重慶南路一段61號
初版一刷　2003年11月
編　號　S 811060
基本定價　參　元
行政院新聞局登記證局版臺業字第〇二〇〇號

ISBN　957-14-3812-X　(平裝)

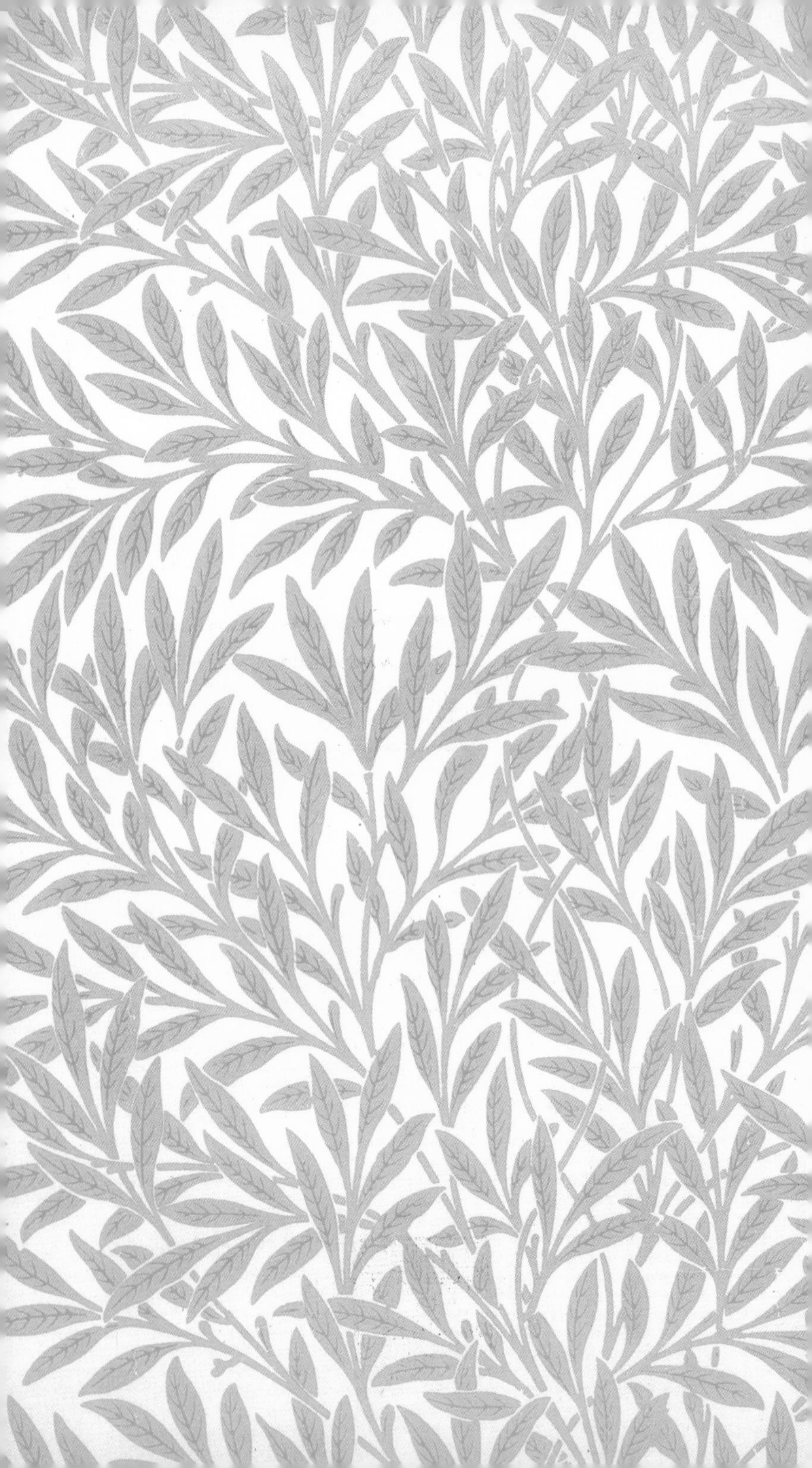